¡¡Felices Fiestas!!

SANDOKÁN
EL REY DEL MAR

Salgari, Emilio
　　Sandokán el rey del mar- 1a ed. - Buenos Aires: Claridad, 2006
　　192 p.; 22x16 cm.

Traducido por: Ana Burget

ISBN 950-620-183-8

　　1. Narrativa Infantil y Juvenil Italiana. I. Burget, Ana, trad. II. Título
　　CDD　853.928 3

Diseño de tapa: Eduardo Ruiz

ISBN-10: 950-620-183-8
ISBN-13: 978-950-620-183-8

© Editorial Claridad S.A., 2006
1° edición, abril de 2006

Distribuidores excluisivos:
Editorial Heliasta S.R.L.
Viamonte 1730, 1er piso (C1055 ABH) Buenos Aires, Argentina
Tel: (54-11) 4371-5546 - Fax: (54-11) 4375-1659
editorial@heliasta.com.ar - www.heliasta.com.ar

Queda hecho el depósito que establece la Ley 11.273
Libro de edición argentina

No se permite la reproducción total o parcial de este libro, ni su traducción, ni su incorporación
a un sistema informático, ni su locación, ni su transmisión en cualquier forma o por cualquier medio,
sea éste electrónico, mecánico, por fotocopia, por grabación u otros métodos,
sin el permiso previo y escrito de los titulares del *copyright*.
La violación de este derecho hará pasible a los infractores de persecución criminal
por incursos en los delitos reprimidos en el artículo 172 del Código Penal argentino
y disposiciones de la Ley de Propiedad Intelectual.
FOTOCOPIAR ES DELITO

Emilio Salgari

Sandokán
el rey del mar

*prólogo y notas
por Alejandro Palermo*

Claridad

Introducción

El inventor de historias

*A*lgunas generaciones atrás, cuando la industria del entretenimiento se encontraba bastante menos diversificada que hoy, la lectura de las obras de Emilio Salgari y de Julio Verne era una cita casi obligada para jóvenes (y no tan jóvenes) deseosos de quedar atrapados en el vértigo del relato de una aventura. Estos dos autores recrearon, a mediados del siglo XIX, la fórmula de encadenar peripecias con un ritmo creciente, con enigmas que se van perfilando pausadamente por detrás de la sucesión de las acciones, y —antes del surgimiento del cine— con escenarios que son presentados ante el lector en la plenitud de sus detalles, a través de descripciones en las que la desmesura y el exotismo se dan la mano con la precisión enciclopédica y el afán de mostrar al narrador como una persona que ha recorrido varias veces el globo. A esto hay que agregar la fascinación de algunos sueños de esa época: la confianza optimista en los avances de la ciencia y de la técnica, la admiración hacia las luchas llevadas adelante por pequeños grupos heroicos en contra de los poderes imperiales, la idea de que la maravillosa variedad del mundo podía caber aun dentro de los límites de una enciclopedia, y la convicción de que el corazón humano —con toda la exaltación de sus pasiones— era un cristal en el que se podía ver con claridad si uno entrenaba un poco la vista.

Por extraño que hoy pueda parecernos al leer sus libros, ni Salgari ni Verne fueron grandes viajeros. Las "travesías" de Salgari se reducen a tres meses de navegación —tal vez como grumete, tal vez como pasajero— en el *Italia Una*, un barquito mercante que efectuaba viajes por el mar Adriático. Corría entonces el año 1880 y Salgari —quien, en adelante, cada vez que se presentara, se adjudicaría el rango de "capitán"— tenía dieciocho años.

Había nacido en Verona (Italia) el 21 de agosto de 1862, en una familia de modestos comerciantes. En 1878 se había inscrito en el Instituto Técnico y Naval Paolo Sarpi, de Venecia, sin llegar a obtener la licencia de marino.

En 1883, cuando tenía veintiún años, se inició como colaborador en el diario *La Nueva Arena*, de Verona, en cuyas páginas apareció, en forma de folletín, su primera novela: *Tai-See*. Ese mismo año empezó a entregar los primeros capítulos de *El Tigre de la Malasia*, el inicio de la saga del famoso Sandokán. Dio comienzo así a una prolífica actividad como autor de ficción, que —en el lapso de menos de treinta años— daría como resultado cerca de ochenta novelas y más de cien cuentos de aventura.

En 1892 se casó con la actriz Ida Peruzzi, a la que él siempre llamó "Aída", en recuerdo de la heroína de la conocida ópera de Verdi. Del matrimonio nacieron cuatro hijos, cuyos nombres (Fátima, Nadir, Romero y Omar) dan testimonio de la admiración por los mundos exóticos que está tan presente en su obra literaria.

De entrada, la carrera de Salgari como escritor estuvo marcada por una increíble aceptación del público —especialmente los jóvenes—, aunque su obra fue olímpicamente ignorada por la crítica de la época. Cambió varias veces de casa editorial y, pese al trabajo incesante y a las excelentes ventas, nunca obtuvo el éxito económico que hubiese cabido esperar. Las crecientes deudas y el colapso nervioso de Ida —que debió ser internada en un manicomio— contribuyeron a que, el 25 de abril de 1911, Salgari se quitara la vida haciéndose el *hara-kiri*.

En el momento de su suicidio dejó tres cartas: una a sus hijos, otra a los directores de los diarios para los que había trabajado, y una tercera a los editores de sus libros. El texto de esta última es el siguiente: "A ustedes, que se enriquecieron con mi pellejo, mientras que a mí y a mi familia nos mantenían en una constante semimiseria, o todavía peor, sólo les pido que, como compensación por las ganancias que les di, piensen en mis funerales. Los saludo, interrumpiendo el sufrimiento".

Sandokán, el Rey del Mar

El ciclo de los mares de la Malasia

Las novelas de Salgari están agrupadas por ciclos que abarcan escenarios tan diversos como el oeste norteamericano, la jungla y los mares de la Malasia. A este último grupo corresponden las once novelas que tienen como personajes a Sandokán, Yáñez, Tremal-Naik y Kammamuri (las dos últimas se publicaron en forma de libro, luego de la muerte del autor). Los títulos de las novelas son: *Los misterios de la Jungla Negra* (1895), *Los piratas de la Malasia* (1896), *Los tigres de Mompracem* (1900), *Los dos tigres* (1904), *El Rey del Mar* (1906), *A la conquista de un imperio* (1907), *La venganza de Sandokán* (1907), *La reconquista de Mompracem* (1908), *El brahmán de Asam* (1911), *La caída de un imperio* (1911) y *La venganza de Yáñez* (1913). La secuencia de publicación no se corresponde exactamente con el orden cronológico de las peripecias.

El protagonista del ciclo es Sandokán, siempre secundado por su inseparable amigo, el aventurero portugués Yáñez de Gomera. Sandokán, también conocido como el "Tigre de la Malasia", es un príncipe de Borneo al que los británicos han desposeído de su trono y que lucha constantemente por defender las islas del archipiélago malayo de las garras del invasor europeo. Esta línea argumental se combina con otra, que comienza en la India y está protagonizada por el indio Tremal-Naik y su sirviente Kammamuri, quienes deben enfrentarse a la terrible secta de los *thugs*.

Con el objeto de ubicar la acción de *El Rey del Mar* en el curso de las acciones del ciclo, damos aquí una síntesis de los episodios que se narran en las cuatro novelas que preceden a ésta.

Los misterios de la Jungla Negra. Sobre la desembocadura del Ganges, en la India, hay un lugar peligroso, poblado de tigres y serpientes venenosas, donde prácticamente no habitan seres humanos. En esa selva inhóspita, se atreve a penetrar el cazador indio Tremal-Naik. Seguido por un grupo de servidores —entre los que se destaca, por su fidelidad, Kammamuri— y en compañía de un enorme perro y una tigresa domesticada, avanza entre los pantanos en busca de presas. Un día, Tremal-Naik descubre allí a la muchacha más hermosa que jamás haya visto, y se enamora de ella irremediablemente. Poco a poco, descubre que, detrás de esa joven, de nombre Ada, se esconde una historia terrible: de niña fue tomada prisionera por los *thugs*, una secta dedicada al culto de la diosa Kali, cuyo rito esencial consiste en asesinar a sus víctimas ahorcándolas con un pañuelo. Ada ha sido consagrada como sacerdotisa de Kali y cualquiera que se enamore de ella debe ser sacrificado inmediatamente. Sin embargo, Tremal-Naik no vacila en enfrentarse a los feroces *thugs* y logra rescatar a la joven.

Los tigres de Mompracem. Sandokán, el temido "Tigre de la Malasia", comanda un grupo de piratas, conocidos como los "Tigres de Mompracem", que pone en jaque a los colonizadores ingleses y holandeses, hasta el punto de hacer entrar en crisis el comercio en los mares de la Malasia. Tras una serie de combates y capturas de barcos enemigos, llegan a los oídos de Sandokán comentarios acerca de una hermosa joven, a la que se conoce como la "Perla de Labuán". El deseo de conocerla lleva al pirata a arriesgarlo todo. Derrotado por los ingleses, naufraga y se salva milagrosamente en las costas de Labuán, una isla que se halla bajo el control de sus enemigos. Allí, ocultando su verdadera identidad y bajo el constante peligro de ser descubierto, encuentra finalmente a la que será el amor de su vida: Mariana, la "Perla de Labuán".

Los piratas de la Malasia. Sandokán abandona la piratería para vivir junto a Mariana, pero una epidemia troncha la vida de la joven, que sólo logra vivir poco tiempo junto al hombre que ama y deja un vacío irreparable en el corazón del Tigre de la Malasia. Éste decide volver a las andadas junto a su amigo Yáñez. Un día, los Tigres atacan a una pequeña nave. Luego del furioso combate, sólo queda un sobreviviente de la tripulación: un joven que se destaca por su heroísmo y su destreza en el manejo de las armas. Se trata de Kammamuri, quien, tras la desaparición de su amo Tremal-Naik, se ha convertido en el fiel custodio de Ada, la ex sacerdotisa de Kali. Conmovido por el valor de Kammamuri, Yáñez le perdona la vida. Tras una traición de los *thugs*, Tremal-Naik ha caído prisionero de los ingleses, y Kammamuri ha marchado a la Malasia para rescatar a su amo, antes de que sea enviado a Australia para realizar trabajos forzados. Sandokán y Yáñez se unen al indio y, a pesar de que la empresa parece imposible, juntos logran rescatar a Tremal-Naik.

Los dos tigres. A partir de las aventuras que han vivido juntos, se estrechan los lazos de amistad entre Sandokán y Yáñez, por un lado, y

Tremal-Naik y Kammamuri, por el otro. En honor de esta amistad, los piratas no vacilan en dejar su isla de Mompracem, para acudir en ayuda de los indios. En la India, deberán enfrentarse a la secta de los *thugs* y, sobre todo, a su jefe, el implacable Suyodhana, que quiere vengar a toda costa la ofensa que se ha hecho a la diosa Kali con el rapto de su sacerdotisa. La hermosa Ada ha muerto luego de dar a luz a Darma. La recién nacida se convierte en el objetivo de los *thugs*, quienes pretenden colocarla en el puesto que ocupaba su difunta madre. Cuando la beba es raptada, entran en acción Sandokán y Yáñez. Finalmente, después de una intensa lucha, Sandokán (el Tigre de la Malasia) logra matar a Suyodhana (el Tigre de la India) y consigue que Darma regrese junto a su padre. Pero la revancha de los *thugs* no se hará esperar...

Historia y ficción

Las aventuras imaginarias de Sandokán y sus amigos se insertan en el contexto histórico de mediados del siglo XIX. Es la época de la expansión imperial de las grandes potencias europeas del momento, y particularmente, de Gran Bretaña que, bajo la monarquía de la reina Victoria, llegará a ser el mayor imperio existente en el mundo de entonces. En efecto, las posesiones inglesas estaban enclavadas en los cinco continentes y abarcaban un veinte por ciento del planeta.

En Asia, además de la India y otros territorios en el Asia menor, los ingleses dominaban, junto con Holanda y Francia, gran parte del archipiélago malayo. La guerra del opio (1839-1841), con la adquisición de Hong Kong en 1841, les permitió a los ingleses obtener el control absoluto del comercio del Oriente y el acceso al inmenso mercado chino.

En Malasia, a partir de 1849, los ingleses lanzan una campaña ofensiva para eliminar la piratería que ponía en riesgo el comercio entre Singapur (fundada por Gran Bretaña en 1819) y Borneo. En esta acción se destacará el aventurero inglés James Brooke, personaje real mencionado por Salgari en varios de los libros de Sandokán. Brooke, en recompensa por la ayuda prestada al sultán de Brunei para sofocar una rebelión tramada por el tío de éste, consiguió el gobierno del estado malayo de Sarawak, en la isla de Borneo, cargo que detentó con el título de rajá.

Al leer las novelas de Salgari, tenemos la impresión de que el autor ha estado en los parajes que describe y que ha vivido de cerca los hechos que dan marco a las peripecias de sus personajes. Sin embargo, el vívido conocimientos de los mundos lejanos, de los armamentos, de las tácticas de combate y de los paisajes extraordinarios, le llegaron al "capitán" Salgari a través de los libros que ávidamente devoraba en las bibliotecas. Con esos conocimientos, y algunos datos históricos concretos, el italiano dio vida a un pirata que, para muchas generaciones, fue el modelo más acabado de la tenaz lucha por los propios ideales, en contra de los poderes establecidos.

1
Una excursión nocturna

—¡Señor Yáñez, veo brillar una luz por aquella abertura!
—Ya la vi, Sambigliong.
—¿Será algún prao[1] anclado en la bahía?
—No. Yo creo que se trata de una chalupa de vapor. Tal vez sea la que trajo hasta aquí a Tremal-Naik y a Darma.
—¿Estarán vigilando la entrada de la bahía?
—Es muy probable, amigo mío —respondió tranquilamente el portugués, mientras arrojaba el cigarrillo.
—¿Podremos pasar sin ser vistos?
—¿Crees que van a temer un ataque nuestro? Redjang está demasiado lejos de Labuán, y lo más probable es que en Sarawak[2] no sepan todavía que nos hemos reunido. A menos que ya tengan noticia de nuestra declaración de guerra. Además, ¿no vamos vestidos como los cipayos[3] del Indostán? ¿Y las tropas del rajá no van vestidas ahora igual que nosotros?
—Sin embargo, señor Yáñez, preferiría que esa nave no estuviera aquí.

[1] Embarcación malaya de poco calado, muy larga y estrecha.
[2] Estado de la costa noroeste de la isla de Borneo, en Oceanía. Desde 1888 hasta 1963 fue principado bajo el protectorado de Inglaterra.
[3] Soldado indio de los siglos XVIII y XIX al servicio de Francia, Portugal y Gran Bretaña, y, por extensión, secuaz a sueldo.

—Querido Sambigliong, seguro que a bordo estarán todos durmiendo. Los sorprenderemos.

—¡¿Cómo?! ¿Vamos a asaltar a esos marineros? —preguntó Sambigliong.

—¡Por supuesto! No quiero dejar a nuestras espaldas enemigos que luego podrían molestar en nuestra retirada. Dejaremos libre el camino para que el *Rey del Mar* no tenga necesidad de venir en nuestro socorro, pues, de hacerlo, debería arrimarse a la costa. Podría chocar con algún escollo. Supongo que no habrá mucha gente en esa chalupa, prao o lo que sea, y nosotros somos bastante ligeros de manos. No hay que hacer uso de las armas de fuego: solamente emplearemos los cris y los parangs[4]. ¿Entendido?

—Sí, señor Yáñez —contestaron varias voces.

—Entonces, ¡adelante y en silencio!

Esta conversación tenía lugar a bordo de una gran chalupa que avanzaba impulsada por doce remos y que iba tripulada por catorce hombres, vestidos con el pintoresco traje de los cipayos de Sarawak: una túnica de paño rojo, pantalón de tela blanca, un pequeño turbante, también blanco, y zapatos de punta hacia arriba.

Doce de estos hombres tenían la tez de color muy oscuro, semejante al de los malayos, o, por lo menos, a los dayacos.[5] En cambio, los otros dos eran de raza caucásica, y vestían uniformes de oficiales. Todos ellos eran robustos, altos y musculosos. Cerca de sus respectivos asientos llevaban carabinas de fabricación india, pesados sables de hoja muy larga y puñales ondulados, los famosos y temibles cris malayos.

La chalupa, que se movía silenciosa y velozmente, dirigida por Yáñez, que iba al timón, se encaminaba hacia una bahía muy amplia que se divisaba en la costa occidental de la isla grande de Borneo, por la parte que la bañan las aguas del golfo de Sarawak. A pesar de que la noche era oscurísima, la chalupa avanzaba sin ninguna vacilación, deslizándose por entre las escolleras coralinas que asomaban entre dos aguas, a babor y a estribor, y contra las cuales se deshacía la resaca con prolongados bramidos. Iba rumbo a un pequeño punto luminoso que se vislumbraba en el fondo, y que a veces se elevaba y a veces descendía, como si fuera zarandeado por continuas sacudidas.

[4] Nombres de dos tipos de daga malayos.
[5] Nativos de la región central de Borneo.

La chalupa ya había penetrado en aquella ancha abertura de la costa, cuando el hombre blanco que iba sentado al lado de Yáñez —un guapo muchacho de entre veinticinco y veintiocho años, de contextura maciza, con la barba cortada al estilo norteamericano y que vestía el uniforme de subteniente— preguntó:

—Capitán Yáñez, ¿qué vamos a contestar si nos interrogan?

—Que llevamos víveres al fortín de Macrae —contestó el portugués, que había encendido otro cigarrillo—. ¡Realmente, parece que nuestra chalupa va cargada de todo lo que Dios ha creado!

—Y en cuanto hayamos puesto borda con borda, ¿nos arrojaremos sobre ellos?

—Sí, señor Horward. Nosotros, los piratas, no vacilamos jamás en tirarnos a fondo enseguida. Si es una chalupa de vapor, usted se encargará de darle rápidamente presión; de ese modo los remolcaremos enseguida, después de haber dado el golpe.

—¿Confía usted en que todo saldrá bien?

—Plenamente, señor Horward. Dentro de dos horas, Tremal-Naik y Darma estarán a bordo de nuestro buque. Se lo aseguro.

—¡Ustedes son admirables!

—¡Porque estamos acostumbrados a correr toda clase de peligros y aventuras! —contestó el portugués—. También ustedes, los norteamericanos, tienen buena sangre en las venas.

—¡Oh!

De aquella embarcación, que todavía no podía precisarse bien si era un prao o una chalupa, salió un grito:

—¿Quién vive?

—¡Somos amigos, que llevamos víveres al fuerte de Macrae!

—Tenemos orden de prohibir toda clase de desembarco hasta que amanezca.

—¿Quién dio esa orden?

—El capitán Moreland, que está en el fortín esperando a que su barco termine de aprovisionarse de carbón.

—Entonces, esperaremos cerca de ustedes hasta que amanezca.

Enseguida, Yánez se volvió hacia el maquinista norteamericano y hacía Sambigliong, que estaba cerca de él, y les dijo, a media voz:

—No sabía que hubiese un barco por estas aguas. ¡El capitán Moreland! ¿Quién será?

—Sin duda, algún inglés al servicio del rajá de Sarawak —contestó el norteamericano.

—¡Entonces, el barco se quedará sin el jefe! —dijo Sambigliong—. ¡Lo tomaremos prisionero junto con la guarnición del fortín!

—¡Despacio, amigo! —dijo Yáñez—. En ese fortín puede haber más gente de la que nosotros pensamos, y nuestro juego es, sobre todo, de astucia, Además, es preciso que no sospechen nada, puesto que ahí tenemos la chalupa encargada de aprovisionarlos.

—Eso es una verdadera suerte, señor Yáñez —dijo el norteamericano.

—Cierto. ¡Mire usted cómo me había equivocado! Es una chalupa de vapor y no un prao. ¡Muchachos, prepárense!

—¡Si se acercan —gritó de pronto una voz ronca—, les descargo un metrallazo!

—¡Y asesinarás a unos compañeros! —contestó Yáñez—. Pero debo advertirte que no soy un dayaco, sino un oficial del rajá.

El hombre que había formulado la amenaza, murmuró algunas palabras que Yáñez no pudo oír.

La chalupa ya se hallaba tan cerca, que se la podía ver perfectamente, pues estaba alumbrada por un gran farol colocado en lo alto de la chimenea. Se trataba de una barcaza de unos doce metros de longitud, ancha de costados, con puente. Estaba armada con un pequeño cañón, situado en la proa. Algunos hombres vestidos de blanco, que parecían indostanos, por los turbantes que llevaban, estaban apoyados en la borda.

—¡Echen una cuerda! —dijo Yáñez, mientras que sus malayos alzaban los remos y tomaban los parangs, para ocultarlos bajo los bancos.

Desde la barcaza arrojaron una cuerda, y Sambigliong, que había pasado a proa, la tomó enseguida.

—¡Listos! —susurró Yáñez a sus hombres—. ¡En cuanto yo dé la orden, salten a bordo!

En pocas brazadas, la chalupa estuvo al lado de la barcaza. Yáñez y el norteamericano pasaron rápidamente a bordo de la segunda.

—¿Quién es el que manda aquí? —preguntó el portugués, con voz imperiosa.

—Yo, señor —contestó, haciendo un saludo, un indostano que llevaba en la manga los galones de sargento—. Usted me perdonará, señor teniente, si amenacé con ametrallarlos; pero el capitán Moreland me dio órdenes muy estrictas, y no puedo permitirle que desembarque...

—¿Dónde está el capitán?

—En el fortín.

—¿Y su barco?

—En la boca del Redjang, delante de la entrada septentrional.

—¿Los prisioneros están todavía en el fortín?

—¿Ese hindú y su hija?

—Sí —dijo Yáñez.

—Ayer estaban todavía; pero creo que, en cuanto se haya aprovisionado de carbón el buque del capitán, los transportará a Sarawak.

—¿Teme algo?

—Un ataque de los tigres de Mompracem. Se dice que se han lanzado al mar para hacer la guerra al rajá y a Inglaterra.

—¡Tonterías! —dijo Yáñez—. Todos han huido hacia el norte de Borneo. ¿Cuántos hombres hay aquí?

—Ocho, señor teniente.

—¡Ríndete!

Antes de que el sargento, sorprendido, se diera cuenta de su situación, ya el portugués lo había tomado por el cuello con la mano derecha, mientras que con la izquierda le apuntaba al pecho con una pistola de las que llevaba al cinto. Al ver aquello, los doce tigres que componían la tripulación de la chalupa saltaron rápidamente a la barcaza, y cayeron sobre los otros indostanos, con los parangs levantados.

—¡El que oponga la menor resistencia, es hombre muerto! —gritó Yáñez.

El sargento, que debía de ser hombre de valor, trató de librarse de las manos del portugués y de sacar el sable, y gritó a su tropa:

—¡A las carabinas!

Horward, el norteamericano, que se había colocado detrás de él, lo sujetó y lo hizo rodar hasta el fondo de la barcaza, mediante una zancadilla.

Cuando vieron caer a su sargento y que los piratas estaban dispuestos a hacer uso de los parangs, la tripulación ya no se atrevió a moverse.

—¡Sambigliong, ata al sargento! Y ustedes, desarmen a todos y enciérrenlos bien asegurados debajo del puente.

La orden fue ejecutada inmediatamente, sin que los indostanos opusieran resistencia.

—Ahora —prosiguió el portugués, sentándose al lado del sargento, a quien habían atado a la amura[6]—, si quieres salvar el pellejo, hablemos un poco. Será inútil que te obstines en callar, porque nosotros conocemos el modo de hacer que cantes, aunque fueras mudo. ¿Cuántos hombres hay en el fortín de Macrae?

—Cincuenta, contando al capitán y un teniente del rajá.

—¿Quién es ese sir Moreland?

—Se dice que ha sido teniente de la marina angloindia.

—¿Y qué ha venido a hacer aquí?

—No lo sé, señor. Se cree que está en muy buenas relaciones con el rajá de Sarawak y que goza de la protección del gobernador de Labuán. Sólo sé que manda un hermoso barco de vapor, armado de un modo formidable.

—¿Entonces, es inglés?

—Eso dicen —respondió el sargento—, aun cuando es de tez muy oscura.

—¿Qué bandera enarbola su barco?

—La del rajá de Sarawak.

—¿Qué distancia hay de aquí al fortín?

—Una milla apenas.

—Te concedo la vida, y te regalaré diez libras esterlinas. Señor Horward, usted permanecerá aquí con dos de los nuestros, y mientras regreso, encenderá la máquina. Necesitaremos la barcaza dentro de algunas horas. El resto de los hombres se embarca conmigo.

Luego, volviéndose de nuevo hacia el sargento, añadió:

—El fortín está en una altura, ¿verdad?

—Frente a nosotros —contestó el indostano—. Es la única elevación que hay en esta costa.

—Muy bien. Permanecerás prisionero hasta que regresemos, y si estás tranquilo, te dejaremos libre enseguida. ¡Buenas noches y buena guardia, señor Horward!

—¡Buena suerte, capitán Yáñez! —contestó el norteamericano.

---

[6] Parte de los costados del buque donde éste empieza a estrecharse para formar la proa.

El portugués regresó a la chalupa con Sambigliong y nueve hombres más, y dio la señal de partida.

La embarcación se apartó de la barcaza y se dirigió hacia la playa, que se encontraba a trescientos o cuatrocientos pasos, y contra la cual chocaba la resaca: las olas se extendían por ella a lo largo de un buen trecho.

Los once hombres desembarcaron y dejaron la chalupa fuera del agua. Cambiaron los parangs por las carabinas, y cargaron unos grandes cestos, que parecían muy pesados.

—¿Estamos listos? —preguntó Yáñez.

—Sí, capitán —contestaron todos.

—Déjenme hablar a mí solamente, y estén alertas para lo que ocurra.

—Seremos mudos.

—¡Adelante, valientes! ¡Los tigres de Mompracem no temen a los mamelucos del rajá de Sarawak!

Mientras tanto, la niebla que hasta entonces había ocultado las estrellas, se había ido disipando, y Yáñez distinguió inmediatamente la altura donde estaba emplazado el fortín. El resto de la costa era una llanura.

Aquel pelotón de hombres se puso en marcha en medio del silencio más profundo. Yáñez iba alumbrando el camino con una linterna que había sacado de la chalupa, y cuya luz podía verse a gran distancia, dado lo oscuro de la noche.

Del otro lado de la duna descubrieron una especie de sendero que serpenteaba por entre las plantaciones de índigo[7], y que parecía dirigirse hacia la elevación. Los tigres se internaron por aquel camino, en fila.

Veinte minutos más tarde llegaron al pie de la colina, que apenas tendría unos doscientos metros de elevación, y en cuya cumbre se vislumbra confusamente una especie de pequeño torreón, rodeado de casas y del recinto fortificado.

—Si no están durmiendo y si no son ciegos, ya deben de haber visto la luz de mi linterna —dijo el portugués—. ¡Ah, mi querido señor Moreland, ya verás qué bien te la hacen los tigres de Mompracem! Después de esto, Sandokán se encargará de tu barco, ya que tienes uno.

Un estrecho sendero en zigzag conducía hasta el fortín.

Después de haberse detenido un rato, para que sus hombres re-

---

[7] Arbusto con cuyos frutos se hace una pasta azul que se usa para teñir.

posaran, pues las cestas que llevaban eran muy pesadas, Yáñez comenzó a subir, con el sable desenvainado. Cuando el pelotón ya estaba a mitad de la cuesta, se oyó una voz que gritaba, desde uno de los taludes del fortín:

—¿Quién vive?

—¡El teniente Jarshon con cipayos de Sarawak, que traen víveres para el fortín, por orden del capitán Moreland!

—¡Esperen!

Se oyeron unas voces. Enseguida brillaron luces en la empalizada, y, por último, tres hombres que parecían dayacos, aun cuando llevaban el traje típico de la India e iban armados con carabinas, se dirigieron hacia el grupo. Uno de ellos portaba una antorcha.

—¿De dónde viene usted, señor teniente? —preguntó uno de los tres hombres.

—De Kohong —contestó Yáñez—. ¿El capitán Moreland está todavía levantado?

—Acaba de cenar con los prisioneros.

—¡Qué tarde se cena en Macrae!

—Es que el capitán llegó después del anochecer.

—Pues condúceme enseguida a su presencia. Tengo que comunicarle noticias muy graves.

—¡Sígame, señor teniente!

Yáñez se puso detrás, murmurando entre dientes:

—¡Hay algo que había previsto! Si, al verme aparecer, Tremal-Naik y Darma lanzaran de improviso un grito de sorpresa... ¡Está preparado, mi querido Yáñez! ¡Se trata de una partida peligrosa!

El grupo atravesó un puente levadizo, dos recintos y un gran patio descubierto, y se detuvo ante una construcción de mampostería bastante amplia, que estaba coronada por una pequeña torre. Rayos de luz salían por las ventanas de la planta baja.

—Vaya, señor teniente: el capitán está ahí —dijo uno de los dayacos—. ¿Les doy alojamiento a los hombres que lo acompañan?

—Por ahora, no. Déjalos en el patio.

Envainó el sable, aseguró las pistolas en la faja, cambió una rápida mirada con Sambigliong, y, aparentando una calma suprema, entró en el saloncito, que estaba iluminado por una lámpara china de papel pintado al óleo. Delante de una mesa bien servida, se encontraban tres personas: un capitán de marina, Tremal-Naik y Darma.

2
Una jugada audaz

Cuando Tremal-Naik y Darma vieron entrar a Yáñez, vestido de aquel modo tan poco habitual en él, se levantaron como impulsados por un resorte, y se quedaron con la boca abierta, a punto de lanzar un grito de sorpresa, que hubiera sido muy natural en aquella ocasión, pero que el audaz portugués temía enormemente, por sus fatales consecuencias. Una rápida mirada de Yáñez detuvo ese grito a tiempo en los labios de ambos.

Por fortuna, el capitán Moreland, que daba la espalda a la puerta y a quien se le enredó la correa del sable en el respaldo de la silla cuando iba a levantarse, no pudo notar aquella imperiosa mirada.

El portugués dio media vuelta sobre los talones, se cuadró, llevó la mano derecha a la visera del casco e hizo el saludo militar.

El capitán era un arrogante joven de unos veinticinco años, alto, con unos ojos negros que parecían llamas, una barba fina y negra que le proporcionaba un aspecto altivo, y la piel muy bronceada. Se hubiera dicho que por sus venas corría más sangre indostana o malaya que europea, a pesar de la pureza de líneas de sus facciones, que eran más caucásicas que indostanas.

—¿De dónde viene, señor teniente? —preguntó en perfecto inglés, después de haberlo mirado largamente.

—Vengo de Kohong a traer víveres, de parte del gobernador. ¿No los esperaba usted, capitán?

—Sí. Había pedido provisiones, porque aquí no es posible encontrarlas.

—Botellas y productos europeos, ¿cierto?

—Sí, es verdad —contestó el capitán—. Pero no era necesario que me enviaran un oficial para traerme eso: bastaba con algunos soldados.

—Un soldado no se hubiera atrevido a comunicarle las noticias que me han encargado que le transmita a usted personalmente.

—¿Noticias?

—¡Muy graves, sir Moreland!

—¿Es usted el comandante de la guarnición de Kohong?

—Sí, capitán.

—Usted no es inglés.

—No, señor. Soy español, y desde hace algunos años estoy al servicio del rajá de Sarawak.

—¿Y qué es lo que tiene usted que comunicarme?

Yáñez señaló a Tremal-Naik y a Darma, que se encontraban de pie, inmóviles y llenos de asombro, sin pronunciar una sola palabra ni hacer el más pequeño movimiento que pudiera poner en guardia al capitán.

—¡Tiene usted razón! —dijo sir Moreland, sonriendo—. ¡Son mis prisioneros!

Se volvió hacia Tremal-Naik y Darma, y les dijo con muchísima cortesía.

—Disculpen que me ausente por algunos minutos.

"¡Vaya! —pensó Yáñez—. ¡No los trata como a prisioneros, sino como a huéspedes! ¿Qué significa esto? ¡Aquí hay gato encerrado!"

Siguió la dirección de la mirada del capitán, y vio que la fijaba insistentemente en la muchacha. Ella bajó los ojos y se puso colorada.

"¡Ah, diablos! —pensó el portugués, frunciendo el entrecejo—. Parece que se entiende la sangre angloindia. ¡Habrá que ver!"

El capitán abrió una puerta lateral, e introdujo a Yáñez en un gabinete muy elegante, amueblado al estilo de la India: ricos tapices, muebles livianos, pequeños divanes tapizados con telas orientales de hilos de oro, y grandes vasos de bronce, colocados en los ángulos.

Una lámpara en forma de globo, un poco opaca y de color azulado, esparcía una luz ligeramente velada sobre los tapices, y hacía resplandecer los recamados con el brillo de la plata.

—Nadie puede oírnos, teniente —dijo el capitán, después de haber cerrado la puerta con llave y haber dejado caer una pesada cortina de brocado antiguo.

—¿Sabe usted, capitán, que los tigres de Mompracem han declarado la guerra a Inglaterra y al rajá de Sarawak, su protegido? —dijo Yáñez.

—Ayer me lo comunicó el rajá por medio de un correo —contestó sir Moreland—. Pero, ¿se volvieron locos?

—No tanto como usted piensa —respondió Yáñez—. Recuerde que fue Sandokán el que tiró abajo y arrojó de aquí a James Brooke[9], cuando éste se hallaba en todo su auge y se creía invencible.

—¡Aquéllos eran otros tiempos, teniente! Y, además, ¡desafiar a Inglaterra! ¿Ignoran, quizá, que el poderío naval inglés es temido, incluso por los Estados europeos? Esos locos harán algún crucero con sus praos por estas aguas, y a los primeros cañonazos quedarán deshechos.

—En eso precisamente es en lo que está usted equivocado, sir Moreland. No es con sus veleros con lo que emprenderán la guerra. Ayer se vio un enorme barco de vapor a veinte millas de Kohong, mar adentro. Y llevaba enarbolada la bandera roja de los tigres de Mompracem.

El capitán se sobresaltó.

—¿Cómo?

—Y, según parece, se dirigía hacia estas costas.

—¿Usted lo vio?

—No, capitán.

—¿Y qué es lo que vienen a hacer aquí? ¿Sabrán que tengo anclado mi barco en la segunda boca del Redjang?

—El gobernador de Kohong cree que tratan de asaltar el fortín de Macrae, para liberar a los dos prisioneros, y me envía para que le advierta a usted que se los mande enseguida. Yo tengo la misión de conducirlos en la lancha de vapor que se halla estacionada en la bahía.

---

[9] Oficial y explorador inglés (1803-1868). En un viaje a Sarawak, en Borneo, ayudó al rajá a combatir a los conspiradores. En 1841 el rajá lo recompensó con el gobierno de Sarawak y el título de rajá. Brooke suprimió la piratería y elaboró un nuevo código de leyes. En 1847 fue nombrado gobernador británico de la isla de Labuán y cónsul general de Borneo.

—Están más seguros a bordo de mi barco.

—Los expone usted a los riesgos de una batalla, y es muy dudosa la victoria. El gobernador preferiría que usted se los enviase. Según tengo entendido, ese mismo deseo se lo ha manifestado también al rajá de Sarawak. Dice que hay que retener, aun cuando sea en calidad de huéspedes, a esas dos personas, para oponer así un obstáculo a la audacia de Sandokán, e impedirle que subleve a los dayacos del interior, que siguen siendo aliados suyos desde los tiempos de James Brooke.

Sir Moreland permaneció silencioso durante unos segundos. Parecía presa de una preocupación muy honda. Al fin, después de algunos momentos de silencio, dijo, con un tono muy particular, que no le pasó inadvertido al portugués:

—También por eso yo tengo prisioneros a Tremal-Naik y a Darma.

Se pasó la mano por la frente, con un movimiento nervioso, y suspiró.

—¡La fatalidad del Destino! —dijo, como si hablara consigo mismo.

Yáñez lo observaba atentamente, mientras pensaba:

"¡Qué diablos! ¿Se habrá enamorado este angloindio de los ojos de Darma? ¡Por Dios que me parece un hermoso joven, lleno de fuego y de atrevimiento, y se me hace que es un hombre leal! ¡Probemos a ablandarlo!"

Y en voz alta, preguntó:

—¿Qué decide, capitán?

—El gobernador de Kohong puede estar en lo cierto —contestó sir Moreland, después de un breve silencio—. Los prisioneros serían para mí una carga a bordo de mi barco. Además, nunca se puede saber cómo va a terminar una batalla, sobre todo cuando esos terribles piratas están en el medio. Tengo mucha confianza en el poder y en la solidez de mi barco y en el valor de mis hombres, que seleccioné cuidadosamente, y también en la potencia de mis cañones, que son de los más modernos. Pero desconozco la fuerza de mis adversarios, y podría tocarme la peor parte. ¿Cree usted que sabrán dónde está mi *Sambai*?

—¿Ése es el nombre de su nave?

—Sí —contestó el capitán.

—En Kohong creen que el Tigre de la Malasia y Yáñez lo saben, y no dudan en que atacarán de un momento a otro.

—Entonces, le confiaré a usted los dos prisioneros. Pero, ¿se hace usted responsable de ponerlos a salvo?
—Seguiré la costa yendo por detrás de las escolleras. En aquellos canales interiores hay poca agua, y el barco de los piratas de la Malasia no podrá seguirme. ¡Respondo de ellos, capitán!
—Será mejor que aproveche la oscuridad de la noche.
—Era precisamente lo que quería proponerle —dijo Yáñez, que a duras penas podía disimular su alegría.
—¿Cuántos hombres tiene usted?
—Diez aquí y dos en la bahía.
—Puede utilizar la barcaza de vapor. De ese modo llegarán a Kohong al amanecer.
—¿Y usted, capitán?
—Yo saldré al mar para ir en busca del Tigre de la Malasia. ¡Deseo medirme con ese hombre!
—¿Lo odia?
—Es un pirata a quien ya es tiempo de domar —se limitó a contestar el capitán—. ¡Sígame!
Abrió la puerta y volvió a entrar en el saloncito donde todavía estaban Tremal-Naik y Darma.
—¡Prepárense para la partida! —dijo, mirando de un modo particular a la muchacha.
—¿Adónde quiere llevarnos, capitán? —preguntó Tremal-Naik.
—He recibido órdenes para que los conduzcan a Kohong.
—Pero, ¿es que alguien amenaza al fortín?
—A esa pregunta no puedo contestar.
Yáñez hizo un gesto, fingiendo aprobar lo dicho.
Sir Moreland les indicó a los dos prisioneros que debían ir a prepararse. Luego, destapó una botella, llenó dos copas y le ofreció una al portugués.
—Usted me responde de que no permitirá que los hagan prisioneros, ¿verdad? —preguntó el angloindio, después de haber bebido su copa.
—Si veo algún peligro, me echaré sobre la costa, capitán —contestó Yáñez.
—Los soldados que usted trae, ¿son gente aguerrida?
—Son los mejores de la guarnición de Kohong. ¿Cuándo voy a tener el honor de que volvamos a vernos?

—Pienso zarpar al amanecer y me dirigiré enseguida hacia la ciudadela. A no ser que me detengan los piratas de la Malasia. Todavía no desespero de poder vencerlos.

Yáñez esbozó una ligera sonrisa irónica.

—Confío en que así será, capitán —dijo—. ¡Ya es hora de acabar con esos peligrosos asaltantes de los mares!

En aquel momento entraban en el saloncito Tremal-Naik y Darma. El primero se había puesto un gran turbante, y la muchacha se había echado sobre los hombros un manto de seda blanca que la envolvía por completo.

—Voy a escoltarlos hasta la playa —dijo el capitán—, aunque no hay nada que temer.

Al escuchar esta resolución de sir Moreland, Yáñez frunció ligeramente el entrecejo.

—¿Piensa llevar gente con usted? —murmuró, bastante contrariado, pero tan bajo que nadie llegó a escucharlo—. ¡Bah! Los reduciremos tan pronto como estemos a la vista del mar.

Salieron todos juntos al patio, donde se encontraban los diez piratas alineados y apoyados en sus carabinas. Cuando vieron aparecer al capitán, presentaron armas con tal precisión, que el propio Yáñez quedó asombrado.

—¡Son hombres fuertes! —dijo sir Moreland, después de haberlos mirado uno por uno—. ¡Vámonos!

Cuatro de los piratas formaron la vanguardia. Detrás se pusieron Yáñez y Tremal-Naik y enseguida, a corta distancia, Darma con el capitán. En último término iban otros seis hombres. Los de delante llevaban un farol y tres antorchas para alumbrar el camino, pues el cielo había vuelto a cubrirse con un espeso velo de bruma que impedía que las estrellas proyectaran esa vaga luz que despiden en la límpida atmósfera de las regiones ecuatoriales.

Un profundo silencio reinaba en la llanura, sobre la que se elevaba la colina, y sólo era interrumpido por los pasos ligeros del grupo. Incluso la resaca parecía haberse calmado, probablemente a causa del reflujo del mar.

Yáñez iba callado; pero, de vez en cuando, intercambiaba una mirada con Tremal-Naik y le daba un codazo, como recomendándole la mayor prudencia. Detrás de ellos, el capitán dirigía a la joven algunas palabras en voz tan baja, que por más que el portugués aguzaba el oído, no lograba captarlas.

Los piratas, por su parte, caminaban mudos como peces, con el dedo apoyado en el gatillo de sus carabinas, y dispuestos a lanzarse sobre el capitán a la primera orden.

Descendieron de la colina y siguieron avanzando por entre las plantaciones. La senda era muy estrecha, y Yáñez aprovechó esta circunstancia para alejarse del capitán.

—Es preciso que estés dispuesto a todo —le susurró a Tremal-Naik, en cuanto estuvo seguro de que no podían oírlo.

—¿Y Sandokán? —preguntó en voz baja el hindú.

—Nos espera navegando.

—¡A qué peligro acabas de exponerte, Yáñez!

—Había que intentar una maniobra, porque sin ustedes no estábamos libres para dar comienzo a las hostilidades.

—¿Qué vas a hacer con el capitán? Te pido su libertad, pues no nos ha tratado como a prisioneros, sino como a huéspedes.

—No tengo intenciones de matarlo. Asesinarlo sería una bajeza. ¿Quién es ese hombre?

—Un inglés que está al servicio del rajá, y que antes perteneció a la marina angloindia.

—¿Ese hombre es inglés, con esa piel tan bronceada y con esos ojos tan negros? No; más bien creo que es angloindio.

—Yo también sospechaba lo mismo. Pero, sea lo que sea, con nosotros se ha portado como un perfecto caballero.

—¡Silencio, ya estamos en el mar!

Pocos minutos después llegaron a la playa, junto al lugar donde se encontraba la chalupa embarrancada en la arena. A poca distancia, humeaba la chimenea de la barcaza. El maquinista norteamericano no había perdido el tiempo.

—¡Empujen la chalupa al agua! —ordenó Yáñez.

Mientras cuatro de los piratas ejecutaban la orden, los restantes se habían colocado alrededor del grupo formado por Tremal-Naik, Darma y el capitán.

Sambigliong se colocó detrás de este último.

En cuanto Yáñez vio que la chalupa flotaba, se acercó a sir Moreland, que estaba junto a Darma y le tendió la mano, diciéndole:

—¡Confíe en mí, capitán! ¡Pondré a salvo los prisioneros!

Mientras pronunciaba estas palabras, apretó con tanta fuerza la mano al angloindio, que le hizo crujir los dedos y le paralizó el brazo.

Mientras lo tenía agarrado de este modo para impedir que desenvainara el sable, Sambigliong tomó al capitán y lo tiró al suelo.

Sir Moreland lanzó un grito de furia.

—¡Ah! ¡Miserables!

Los piratas se precipitaron sobre él, y en un abrir y cerrar de ojos le ataron las manos atrás y le quitaron el sable y las pistolas que llevaba al cinto.

En cuanto pudo ponerse de pie —pues le habían dejado libres las piernas—, hizo ademán de arrojarse sobre Yáñez, que lo miraba sonriendo silenciosamente.

—¿Qué significa esta agresión? —gritó, pálido de ira—. ¿Quién es usted?

Yáñez se quitó el casco y saludándolo con ironía, contestó:

—¡Tengo el honor de transmitirle los saludos de mi amigo el Tigre de la Malasia!

—¿Y quién es usted?

—Yáñez de Gomera, sir Moreland.

La sorpresa que le produjo al joven capitán esta revelación fue tan grande, que durante algunos instantes no pudo pronunciar una sola palabra.

—¡Yáñez! —exclamó al fin, mirándolo casi con terror—. ¡Usted, el compañero del Tigre de la Malasia!

—¡Tengo ese honor! —repuso el portugués.

El capitán volvió los ojos hacia Darma. La jovencita no había gritado, ni hecho el menor movimiento durante aquella agresión imprevista. Había permanecido inmóvil y silenciosa a cinco pasos del angloindio, aun cuando su palidez demostraba la angustia que sentía.

—¡Si se atreve usted, máteme! —dijo, volviéndose hacia Yáñez.

—Caballero, nos llaman "piratas", pero sabemos ser generosos; mucho más generosos que otros —respondió el portugués—. Si yo hubiese caído en manos del rajá, a estas horas ya me hubiese fusilado. En cambio, yo, señor, le concedo a usted la vida.

—Yo te la habría pedido —dijo Tremal-Naik.

—Y yo no te la hubiera negado —añadió Yáñez.

—Entonces, ¿qué es lo que quiere hacer conmigo? —preguntó el capitán, apretando los dientes.

—Dejarlo en libertad, señor, para que regrese a Macrae.

—Tal vez se arrepienta de esa generosidad, porque mañana les daré caza con mi barco.

—Y encontrará en su camino a un adversario digno de usted —contestó Yáñez—. Si quiere esperar a la tripulación de la barcaza, estará aquí dentro de pocos minutos.

—¿Se han rendido esos cobardes?

—Los hemos sorprendido y no podían medirse con nosotros. ¡Capitán, buenas noches y buena suerte!

—¡Nos veremos antes de lo que usted cree!

—¡Los esperaremos, sir Moreland! ¡Vamos! ¡Embarquen!

Tremal-Naik tomó de una mano a Darma, que no había dicho una palabra, y la llevó dulcemente a la chalupa, donde la hizo sentarse a popa. Después se embarcaron los demás.

Mientras tanto, el capitán se paseaba nerviosamente por la playa, tratando de romper las ataduras que le sujetaban las manos.

La chalupa se dirigió rápidamente hacia la barcaza, cuya chimenea seguía humeando, y que tenía encendido el farol de la proa.

Después de haber estrechado la mano del portugués y de haber dado las gracias con una sonrisa, Darma había apoyado un codo en la borda de popa, y miraba fijamente hacia la playa.

El capitán había dejado de pasear. Erguido sobre una pequeña duna, miraba cómo se alejaba la chalupa; aunque no era ciertamente la barca lo que miraba.

—Y bien, Tremal-Naik, ¿qué me dices de esta maniobra? —preguntó Yáñez, riendo.

—¡Que eres el demonio! —contestó el hindú—. No dudaba de que algún día vendrías a rescatarnos; pero nunca creí que fuese tan pronto. ¿Cómo supieron que nos habían conducido a Macrae?

—Lo supimos en Labuán. Después te contaré todo cuanto ha sucedido desde que los hicieron prisioneros. Por ahora tan sólo te diré que poseemos uno de los navíos más poderosos del mundo, y que nos disponemos a hacer la guerra al rajá de Sarawak y a Inglaterra, porque queremos vengarnos de que nos hayan arrojado de Mompracem.

—¿Se atreven a tanto?

—Y además debo añadir otra cosa, que va a dejarte asombrado.
—¿Cuál?
—Que aquel peregrino que nos dio tanto trabajo era un emisario del hijo de Suyodhana.
—¿Qué dices?
—En cuanto estemos a bordo del buque, te lo explicaremos mejor. Ahora dime si se te hubiera ocurrido pensar en que Suyodhana tuviera un hijo.
—Jamás he oído decir eso; ni tampoco se me habría ocurrido pensarlo, porque el jefe de los *thugs*[10] no podía tener mujer. ¡Entonces, él ha sido el que desde un principio nos ha traído esta guerra!
—En la que lo apoyan Inglaterra y el rajá de Sarawak.
—¿Y cómo es posible que los ingleses den su protección al hijo de un *thug* para que venga a luchar contra nosotros, que hemos librado a la India de esa plaga que la deshonraba?
—Eso es un misterio que todavía no hemos logrado aclarar.
—¿Y dónde está ese hombre?
—Eso es otro misterio, querido Tremal-Naik. Esperemos a ver si lo encontramos para hacer con él lo que hicimos con su padre¼ ¡Señor Horward!
La chalupa había llegado junto a la barcaza, y el norteamericano subió a la cubierta.
—¿Todo ha salido bien, señor Yáñez?
—Mejor imposible. ¿Está la máquina en presión?
—Desde hace una hora.
—¿Y los prisioneros?
—Parecen conejos.
—¡Muchachos, a bordo!
Ayudó a subir a Darma a la barcaza y, tras ellos, subieron todos.
—¡Apresurémonos! —dijo Yáñez.
Mandó desatar uno a uno a los indios que componían la tripulación de la barcaza, deslizó en el bolsillo del sargento un puñado de libras esterlinas y les ordenó trasladarse a la chalupa mientras les decía:

---

[10] Miembros de una secta religiosa de la India, dedicada al crimen como fin supremo. El crimen debía efectuarse sin derramar la sangre de la víctima, ahorcándola con un pañuelo. En la saga de Sandokán, el Tigre del Mar había matado al líder de la secta, Suyodhana.

—El capitán Moreland los espera en la playa. Salúdenlo de mi parte y denle las gracias por la barca de vapor que me ha regalado. Señor Horward, a todo vapor.

El norteamericano hizo silbar la máquina repetidas veces, como si se despidiese irónicamente de los hombres de la chalupa, y una vez levada el ancla, la barcaza marchó con rapidez hacia la salida de la bahía.

Yáñez le confió el timón a Sambigliong y se fue hacia la proa para colocarse junto a Tremal-Naik, que sondeaba atentamente las tinieblas, procurando descubrir el buque de Sandokán, que debía de estar surcando las aguas a poca distancia de la costa.

Como llevaba todas las luces de a bordo apagadas, no resultaba fácil divisarlo.

—Se habrá ido mar adentro, a no ser que durante mi ausencia haya ocurrido alguna novedad —dijo Yáñez en respuesta a las preguntas de Tremal-Naik—. Por un prao que venía a Labuán, nos enteramos de que una escuadrilla de cruceros había salido del puerto de Victoria con la intención de darnos caza.

—¿La habrá encontrado Sandokán?

—Hubiéramos oído los cañonazos. Además, Sandokán no es hombre que se deje sorprender, sobre todo con el barco que tiene ahora. ¡Allá veo algo! ¡Es nuestro buque, no hay duda! ¡Señor Horward, cargue las válvulas!

La barcaza, que funcionaba estupendamente, avanzaba con gran rapidez sobre el mar oscuro, y dejaba a popa una estela que a veces brillaba por efecto de la fosforescencia.

De pronto, una enorme mole que se deslizaba sobre el agua con un fragor sordo apareció ante la chalupa de vapor y le cortó el camino. Una voz formidable gritó:

—¡Apunten el cañón de proa!

—¡Alto! —ordenó Yáñez con rapidez—. ¡Eh, Sandokán, echa la escala! ¡Son los tigres de Mompracem que vuelven!

La barcaza, que había disminuido la marcha, abordó a la enorme embarcación muy cerca del costado de estribor, bajo la escala que había descendido de golpe.

3
Una lucha terrible

Sandokán esperaba a Yáñez y a sus compañeros parado en lo alto de la escala. A su lado había una bellísima jovencita de cutis un poco bronceado, facciones dulces y finas, ojos muy negros y cabello largo y trenzado con cintas de seda. Llevaba puesto el traje pintoresco de las mujeres de la India.

Algunos hombres de color aceitunado y con la divisa blanca de la marina de guerra, alumbraban la escala con grandes linternas.

Yáñez, que fue el primero que subió a la cubierta, tendió enseguida una mano al temible pirata y otra a la joven indostana.

—¿Nada? —preguntó con ansiedad el Tigre de la Malasia

—¡Míralos! —respondió Yáñez.

Sandokán profirió un grito y se lanzó hacia Tremal-Naik, mientras que Darma se echaba en los brazos de la joven indostana, exclamando:

—¡Surama! ¡Creí que ya no volvería a verte!

—¡A la cámara, queridos amigos! —dijo Sandokán, después de haber abrazado al hindú y de haber besado a Darma en las mejillas—. ¡Tenemos muchas cosas que contarles!

—Un momento, Sandokán —dijo Yáñez, deteniéndolo—. Manda poner la proa al Norte, y marchemos a poco vapor buscando la segunda boca del Redjang. Hay un leopardo negro que nos espera allí. Si no lo atacamos, estropeará nuestros planes. Se dice que es muy fuerte.

—¿Un barco?

—Sí. A estas horas debe de estar preparándose para darnos caza.

—¡Ah! —dijo Sandokán, sin dar demasiada importancia al aviso—. ¡Mañana nos desharemos de ese importuno!

Llamó a Sambigliong y al jefe de máquinas, y después de darles algunas instrucciones, bajó al elegante saloncito de la cámara con Tremal-Naik, Darma y Surama, que se apoyaba dulcemente en Yáñez, su sahib[11] blanco.

En cuanto se enteró del éxito de la expedición y le explicó a Tremal-Naik todo lo sucedido después del combate en las costas de Borneo, lo de la adquisición del buque norteamericano y la declaración de guerra lanzada a un tiempo contra la desagradecida Inglaterra y contra el sobrino de James Brooke, añadió:

—Ya no son las escuadras inglesas, que no tardarán en alcanzarnos, ni la flotilla del rajá de Sarawak, lo que me preocupa, sino el misterio que rodea al hijo de tu antiguo enemigo, mi querido Tremal-Naik. ¿Dónde se esconde ese hombre, que ha dado una prueba tan considerable de su poderío, destruyendo tus plantaciones y tus posesiones a través del peregrino? ¿Cuándo nos atacará? ¿Qué está tramando? Yo no temo a nadie y, sin embargo, ese hombre, a quien no hemos visto jamás, que no sabemos dónde se halla ni lo que prepara, me preocupa más que la amenaza de una escuadra inglesa.

—¿No han obtenido ninguna noticia acerca de él? —preguntó Tremal-Naik, que parecía tanto o más preocupado que el formidable pirata.

—Hemos interrogado durante nuestra caminata hacia el Sur a varias personas y detenido a algunos veleros de Sarawak; pero no hemos logrado saber dónde está ese hombre.

—¡No será un espíritu!

—Alguna vez le veremos la cara —dijo Yáñez—. Si quiere hacer la guerra y vengar la muerte de su padre, no podrá permanecer escondido eternamente.

—Y mientras tanto, ¿qué piensas hacer, Sandokán? —preguntó Tremal-Naik.

—Pienso comenzar las hostilidades atacando a ese barco que está anclado en la boca del Redjang. ¡Ya que hemos declarado la guerra, demostremos que la hacemos de veras!

---

[11] Nombre dado por los aborígenes al colonizador blanco.

—¿Quiere hundirlo? —preguntó Darma, en un tono que sobresaltó a Yáñez.

—Lo voy a destruir, Darma —repuso Sandokán fríamente.

El portugués, que miraba a la muchacha con atención, vio que palidecía y que un tenue suspiro se escapaba de su pecho. Pero eso fue todo, porque la joven no manifestó la menor objeción a la terrible sentencia de muerte que el formidable pirata había dictado contra el barco de sir Moreland.

Se levantaron todos para subir a cubierta. Surama tomó de la mano a Darma y le dijo:

—Dejemos que los hombres hagan lo que tengan que hacer. Ven a mi camarote. He mandado que te dispusieran una camita muy linda, porque estaba segura de que muy pronto volvería a verte.

La hija de Tremal-Naik contestó con una sonrisa, y la siguió al interior de la cámara.

Cuando Sandokán, Tremal-Naik y Yáñez pisaron la cubierta, ya todos los tripulantes se hallaban en sus puestos de combate, pues Sambigliong había advertido a los tigres de Mompracem que el crucero se disponía a atacar a un gran barco enemigo.

Los faroles de posición estaban encendidos y se encontraban iluminadas las baterías. El personal del timón había sido reforzado. Los cuatro grandes cañones de caza —cargados y dispuestos en batería a proa y popa, dentro de torres giratorias defendidas por planchas de hierro de gran espesor— aguardaban para lanzar bocanadas de muerte.

Una racha de viento volvió a dispersar las nubes que se amontonaban en el cielo, y las arrastró hacia el Sur. Las estrellas, que habían reaparecido, difundían una vaga claridad sobre las negras aguas del amplio golfo de Sarawak. Gracias a aquella claridad, podía distinguirse cualquier barco, aunque navegara con las luces apagadas.

El *Rey del Mar* marchaba a poca presión, con objeto de no consumir demasiado combustible; y, para economizar incluso más, Sandokán había mandado desplegar las velas bajas del trinquete y del palo mayor, ya que el viento era favorable y bastante fresco. El pirata, siguiendo los consejos del capitán norteamericano, se había vuelto sumamente ahorrativo en el consumo del combustible: después de su declaración de guerra, no podía aprovisionarse en ningún puerto, y por esta razón no utilizó más que las velas en su travesía desde Labuán al golfo de

Sarawak —maniobra muy familiar para sus hombres, aun cuando muchos de ellos ya habían aprendido también el uso de las máquinas, con los norteamericanos que permanecieron a bordo.

Yáñez y Tremal-Naik, apoyados en la proa —en cuya parte alta había defensas circulares para resguardar a los fusileros—, miraban atentamente al horizonte, en tanto que Sandokán efectuaba una visita a las baterías y a los cañones para comprobar que todo estuviera en orden.

Por el Este aparecían confusamente las costas, que se elevaban cada vez más, a medida que iban aproximándose al escarpado y altísimo promontorio de Sirik, que cierra por Occidente el golfo de Sarawak. Aun cuando por aquellos lugares se encontraba la ciudadela de Redjang, no se veía brillar ninguna luz.

De este modo transcurrió la noche: exploraron continuamente, sin resultado.

Pero, apenas comenzó a clarear el día, se oyó de pronto la voz del vigía instalado en la cruceta del trinquete[12], que gritaba con toda la potencia de sus pulmones:

—¡Humo hacia el Este!

Yáñez, Tremal-Naik y Sandokán subieron rápidamente las escaleras de babor del trinquete, se elevaron hasta la cofa[13] y enseguida vieron, a lo lejos, donde el mar parecía confundirse con el firmamento, un penacho de humo que se alzaba en la límpida y transparente atmósfera matutina.

—Viene de la boca del Redjang —dijo Yáñez—. ¡Apuesto un cigarro contra cien libras esterlinas a que ése es el barco de sir Moreland!

—¿Has visto ese barco? —le preguntó Sandokán a Tremal-Naik.

—No —contestó el hindú—; pero me dijeron que estaba completando su cargamento de carbón en la segunda boca del Redjang.

—¡¿Cómo?! ¿Hay allí un depósito de combustible?

—He oído hablar de un prao que le enviaban a Sarawak cargado de carbón. En aquella playa no debe de haber ni siquiera una miserable aldea.

—¡Qué lástima! —dijo Sandokán.

---

[12] Meseta colocada horizontalmente en uno de los palos menores del barco.
[13] Meseta colocada horizontalmente en el palo mayor.

—Pero también he oído decir que hay uno en la boca del Sarawak, Ese depósito se halla en una islita. Allí es donde se aprovisiona la escuadra del rajá.

—¿Quién te lo ha dicho?

—Sir Moreland.

—Entonces, si va la escuadra del rajá, también podemos ir nosotros. ¿Verdad, Yáñez?

—¡Y sin tener que pagarlo! —contestó el portugués, que jamás vacilaba ante nada—. Mira: ya comienza a verse la proa. Vienen hacia nosotros, Sandokán, y a toda máquina. También ellos habrán visto el humo de nuestro barco.

Sandokán sacó del bolsillo un catalejo, lo alargó todo lo posible, y lo dirigió hacia la nave, cuyo casco ya comenzaba a verse, incluso a simple vista.

—Efectivamente —dijo—, es un hermoso buque. Parece un crucero de gran tonelaje. Veo muchos hombres a bordo.

—¿Vienen hacia nosotros? —preguntó Yáñez.

—Y creo que a toda marcha. Tienen miedo de que nos escapemos. ¡No, amigo mío, no tenemos intenciones de huir! ¡Aquí vamos a dar comienzo a las hostilidades! ¡Lo echaremos al fondo del mar!

—¡Lo siento por el capitán! —dijo Tremal-Naik—. ¡Atenúa el daño, en consideración de la hospitalidad que nos brindó!

—¡Hospitalidad dorada, pero sin libertad! —dijo Yáñez.

—¡Preparémonos! —dijo Sandokán.

Descendieron a la cubierta, donde se encontraron con Darma y Surama, que en aquel instante subían de su camarote.

—¿Nos atacan, sahib mío? —preguntó Surama a Yáñez.

—Y dentro de poco hará mucho calor aquí, Surama —contestó el portugués.

—Venceremos nosotros, ¿no es cierto?

—Lo mismo que vencimos a los *thugs* de Suyodhana.

—¿Es el barco de sir Moreland? —preguntó Darma con cierta ansiedad, que no le pasó inadvertida al astuto portugués.

—Lo suponemos.

En seguida la tomó de un brazo, la llevó hacia la torre de proa, y le preguntó sonriendo:

—¿Qué sucede, Darma? Es la tercera vez que parece que te conmueves al oír hablar del capitán.

—¡Yo! —exclamó la muchacha, y se ruborizó ligeramente—. ¡Se equivoca, señor Yáñez!

—¡Por Júpiter! ¡Parece que la vejez me está debilitando la vista!

—¡Oh, no, todavía ve usted muy bien!

—¿Entonces¼?

Darma giró la cabeza hacia el mar, fijó la mirada en el barco enemigo, que se acercaba a toda marcha y dijo:

—¡Es un gran barco!

—No vale tanto como el nuestro —contestó Yáñez.

—Oblíguenlo a que se rinda en lugar de hundirlo. Podría serles útil.

—Si el que manda ese buque es sir Moreland, no arriará la bandera. Aun cuando sea joven, ese hombre debe de ser un valiente, y luchará mientras quede en pie un solo hombre de su tripulación.

—¿Y no van a darle cuartel?

—Cuando el barco se hunda, trataremos salvar a los sobrevivientes; te lo prometo, Darma. Retírate al camarote con Surama, que van a empezar a llover granadas.

La voz potente del Tigre de la Malasia, nítida como un clarín, resonó en el puente en aquel momento:

—¡Jefe de máquinas, a todo vapor! ¡Dispuestos para hacer fuego de costado! ¡Los fusileros, detrás de las aspilleras[14]!

El barco enemigo, que debía de poseer máquinas poderosas, ya se hallaba a unos dos mil metros, y se dirigía en línea recta sobre el *Rey del Mar*, como si tuviese intención de darle un espolonazo[15] o, por lo menos, de abordarlo.

Se trataba de un hermoso crucero. Enarbolaba tres mástiles y tenía dos chimeneas. Parecía que iba armado de un modo formidable, a juzgar por el número de sus portas[16] y por los cañones que se veían en la cubierta. Pero carecía de torres blindadas como las que protegían a los tigres de Mompracem.

Detrás de las amuras y hasta en las cofas, se veían muchos fusileros. Y varios oficiales en el puente de mando.

---

[14] Abertura larga y estrecha que se usa para disparar a través de ella.

[15] Golpe dado con el espolón, es decir, la punta en que remata la proa de una nave.

[16] Aberturas, a modo de ventanas, situadas en los costados y en la popa de los buques, para darles luz y ventilación, para efectuar su carga y descarga y, principalmente, para colocar la artillería.

—¡Ah! —dijo Sandokán, que lo contemplaba tranquilamente—. ¿Quieres ser el primero en medirte con los tigres de Mompracem? ¡Estamos dispuestos a recibirte!

Mientras las dos jovencitas abandonaban a toda prisa la cubierta y se refugiaban en la cámara de popa, Yáñez y Tremal-Naik se retiraron a la torre de mando, desde donde podían ponerse en comunicación con el personal de las máquinas.

Los artilleros norteamericanos, juntamente con los mejores tiradores malayos, esperaban detrás de sus respectivas piezas, empuñando las correas de hacer fuego.

De repente, resonó una detonación. Y una bocanada de fuego salió de una de las dos piezas de proa del crucero. Se oyó un silbido ronco, y enseguida se elevó una llama en el borde de la primera torrecilla de babor del *Rey del Mar*, mientras que los cascos pasaban silbando por encima de los fusileros, replegados detrás de la amura.

—¡Una granada de doce pulgadas! —exclamó Yáñez—. ¡Buen tiro!

Nuevamente se dejó oír la voz de Sandokán:

—¡Artilleros, ya no los detengo más!

Relampaguearon a un mismo tiempo las dos piezas de caza de proa y las de la batería de estribor, que al encontrarse a tiro, tronaron también con tal estruendo, que tembló todo el buque.

El crucero, que ya había ganado otros quinientos metros y que maniobraba presentando al enemigo su costado de babor, contestó enseguida.

Comenzaban a llover balas y granadas sobre ambos barcos: golpeaban rudamente los costados de hierro, arrancaban astillas de los puentes y herían a los marineros.

Al reventar, las granadas lanzaban hacia lo alto columnas de fuego, que amenazaban a cada instante con incendiar la arboladura.

Los fusileros, a su vez, tendidos detrás de las amuras, habían comenzado a disparar, menudeando las descargas.

Los dos barcos se hallaban envueltos por una espesa nube de humo, surcada a intervalos por relámpagos. Y el estruendo era tan grande, que apenas podían oírse las voces de mando.

El barco norteamericano, mejor protegido, mejor artillado, mucho más rápido y tripulado, además, por unos hombres que habían encanecido entre el humo de los combates, le llevaba ventaja a su adversario. Su poderosa artillería castigaba de un modo terrible al crucero: lo inundaba de fuego y de hierro, demolía su obra muerta[17], mataba a sus hombres y abría enormes boquetes en el casco.

En vano aquella nave —que había creído que aniquilaría fácilmente a los piratas de Mompracem— hacía esfuerzos sobrehumanos para dar respuesta a aquel auténtico huracán de hierro que caía con horrible estruendo sobre sus puentes, y hacía considerables estragos entre los artilleros y los fusileros de la cubierta. Sus balas rebotaban contra las planchas metálicas del *Rey del Mar*, y sus granadas no lograban destruir las torres blindadas, desde las cuales disparaban los artilleros de Mompracem, bajo la dirección de los jefes de cañón norteamericanos.

Cuando Sandokán se dio cuenta de la completa inutilidad de los fusileros —indispensables en los praos, pero no en esta otra clase de barcos—, los mandó bajo cubierta. Y ordenó, además, que la nave avanzara hacia el crucero, para darle el último golpe.

El *Rey del Mar*, casi incólume, a pesar del furioso e ininterrumpido cañoneo de su enemigo, se lanzó hacia adelante, describiendo un enorme semicírculo en torno del crucero del enemigo, que para entonces se había detenido.

Cuando se hallaba a una distancia de cuatrocientos metros aproximadamente, le tiró una terrible descarga de andanada con las piezas del puente y las de babor.

Las dos chimeneas cayeron destrozadas, sobre la cubierta, derribadas por dos granadas que estallaron en su base.

—¡Esto se acabó! —dijo Yáñez—. ¡Intimémoslo para que se rinda!

—¡Si es que se rinde! —repuso Sandokán.

Esperó a que el viento disipase el humo, y luego mandó izar en el pico del palo mayor la bandera blanca. La contestación fue una andanada que derribó la mitad de los timones del *Rey del Mar*.

—¿No tuvieron suficiente? —gritó Sandokán—. ¡Húndanlo! ¡Fuego! ¡Fuego, sin piedad!

Inmediatamente se reanudó el cañoneo por ambas partes, y siguió en aumento de un modo espantoso. El *Rey del Mar* continuaba dando vueltas rápidamente alrededor del desgraciado crucero, que se deshacía bajo la lluvia de proyectiles de su enemigo.

---

[17] Parte del casco de un barco que está por encima de la línea de flotación.

El barco norteamericano lograba maravillas. Parecía un volcán en erupción, dispuesto a destruirlo todo.

Por su parte, el crucero oponía una resistencia verdaderamente heroica, a pesar de que ya no era más que un montón de ruinas. Sus dos piezas de cubierta, desmontadas por aquella granizada de proyectiles, ya no contestaban.

El puente estaba inundado de muertos y de heridos, mezclados con trozos de obra muerta, con los palos partidos, con pedazos de aparejos y de cordaje, caídos de la arboladura bajo las descargas de metralla enviadas por Sandokán.

Regueros de fuego corrían de proa a popa, e iluminaban el mar de un modo sobrecogedor. Y por babor y estribor salían chorros de sangre.

El barco se deshacía bajo los golpes furiosos, mortales, del *Rey del Mar*.

—¡Basta! —gritó de pronto Yáñez, que asistía al estrago desde la torre de mando—. ¡Alto el fuego! ¡Al mar las chalupas!

Sandokán, que contemplaba la escena fría, impasible y terriblemente, se volvió hacia el portugués y le dijo:

—¿Qué estás ordenando, hermano?

—¡Que cese la matanza!

El Tigre de la Malasia vaciló durante unos instantes, y después dijo:

—¡Tienes razón: salvemos a los sobrevivientes! ¡Esos hombres, y sobre todo su comandante, son unos héroes! ¡Rápido! ¡Al agua las chalupas!

4
Sir Moreland

La agonía del crucero había dado comienzo. Y era una agonía terrible, espantosa.

Aquel gigante, completamente envuelto en humo, agotaba inútilmente las escasas fuerzas que le quedaban, tratando de dar un golpe mortal al formidable adversario que lo había vencido y le disparaba los últimos tiros de su artillería.

Aquella espléndida nave —que probablemente fuera la unidad más fuerte de la escuadra del rajá de Sarawak— ya no era más que un informe montón de ruinas, que las llamas iban devorando lentamente, mientras que el agua la invadía por todas partes para arrastrarla a los profundos abismos del mar.

Sus flancos, hechos astillas por las granadas y los obuses del potente navío norteamericano, parecían coladores. Sus amuras y sus mástiles ya no existían. Sus baterías no ofrecían ningún refugio a los últimos sobrevivientes.

Con furioso ímpetu, grandes llamas irrumpieron a través de las escotillas y de las grietas de cubierta, y se alargaron espantosamente en medio de un inmenso fragor, lanzando al aire chispas y densas nubes de humo, que formaban un gigantesco toldo sobre el barco.

El crucero se hundía poco a poco, cabeceando. Y, sin embargo, sus artilleros no dejaban de disparar con las últimas piezas que todavía quedaban. Y sus fusileros, que habían quedado reducidos a menos de la mitad, hacían un fuego vivísimo y saltaban como tigres a través de la cubierta invadida por las llamas, animándose con salvajes hurras.

A pesar de los disparos de la nave semihundida —disparos mal dirigidos, debido a la excitación de los tiradores—, la chalupa de vapor y las tres balleneras[18] del *Rey del Mar* habían sido echadas rápidamente al agua para recoger a los últimos sobrevivientes en el momento en que el barco se fuese a pique.

Yáñez tomó una barcaza, que tripulaban catorce remeros por falta de tiempo para encender las calderas. Sambigliong mandaba la otra.

—¡Apresúrate, Yáñez! —había gritado Sandokán.

Darma y Surama, que habían subido a cubierta al ver que las llamas envolvían a la desgraciada nave, gritaban:

—¡Sálvelos! ¡Sálvelos, señor Yáñez! ¡Que se ahogan!

Las chalupas emprendieron rápidamente la marcha hacia el crucero. Los pocos hombres que todavía quedaban sobre él, al ver que sus adversarios acudían en su socorro, pararon de disparar y empezaron a arrojarse al agua para escapar de las llamas y evitar el peligro de volar por los aires cuando estallara el buque.

La barcaza fue la primera que llegó junto al crucero. Yáñez, sin hacer caso del humo ni de la lluvia de chispas, subió rápidamente por la escala que habían echado, y se lanzó hacia el puente de mando, seguido por media docena de malayos.

Ante todo, quería salvar a sir Moreland, si es que lo habían respetado las granadas del *Rey del Mar*.

Iba abriéndose paso por entre los fragmentos de toda clase y los cadáveres que obstruían la cubierta, cuando de pronto hizo explosión la proa, y todos fueron arrojados el agua.

El golpe fue tan violento que Yáñez, que había ido a parar cerca de una de las balleneras, se desmayó. Afortunadamente, los malayos lo vieron caer y tuvieron tiempo de recogerlo casi en el acto y de llevarlo a la barcaza que se había acercado.

Abierto por la proa, el crucero se iba a pique rápidamente. Sambigliong y los hombres de la chalupa, que habían subido a bordo, descendían a toda prisa, conduciendo a varios heridos que, con grandes riesgos, habían podido salvar de las llamas.

La nave se hundía. Desaparecieron sus amuras y las olas invadie-

---

[18] Botes auxiliares que suelen llevar los barcos.

ron bruscamente la cubierta, limpiándola desde popa a proa y apagando de golpe las llamas.

La barcaza y las balleneras huían a fuerza de remos, mientras que alrededor del buque se iba abriendo un gigantesco remolino.

La bandera de Sarawak fue lo último que brilló, iluminada por el sol. Resplandecieron durante un instante sus colores y enseguida se hundió en el abismo.

¡Todo había concluido! El crucero descendía entre los bramidos del inmenso vórtice, en busca del insondable fondo del golfo.

Las cuatro chalupas, que habían huido a tiempo de la succión ejercida por la inmersión del buque —que fue cubierto en el acto por una enorme ola que se extendió ruidosamente sobre la superficie del océano—, regresaban a toda prisa hacia el *Rey del Mar*, que aguardaba a quinientos metros del lugar del desastre.

Las aguas del golfo se llenaron de restos del barco hundido y de cadáveres.

Cajas, barriles y trozos de velamen flotaban en todas direcciones.

Sambigliong se ocupaba en reanimar al portugués, mientras otros se movían alrededor de un oficial joven, a quien habían salvado en el preciso momento en que el crucero iba a desaparecer. Parecía gravemente herido: su chaqueta estaba empapada en sangre.

Por fortuna, Yáñez no había sufrido lesiones. Sólo estaba aturdido por la imprevista voladura y el estallido de la explosión.

Al primer sorbo de ginebra que le hizo beber el malayo, volvió en sí y abrió los ojos.

—¿Cómo se siente, señor Yáñez? —le preguntó, sobresaltado, Sambigliong.

—Estoy medio deshecho, pero me parece que no tengo nada roto —contestó el portugués, tratando de esbozar una sonrisa—. ¿Y el barco?

—Hundido.

—¿Y sir Moreland?

—Aquí viene, en la ballenera. Logramos salvarlo por un milagro.

Yáñez se levantó sin necesidad de la ayuda del malayo.

El joven comandante del crucero yacía en el fondo de la barcaza, con el pecho al descubierto, muy pálido, manchado de sangre y con los ojos cerrados.

—¡Muerto! —exclamó.
—No, no está muerto. Pero la herida que tiene en el costado debe de ser grave.
—¿Quién lo ha herido? —preguntó Yánez, con ansiedad—. ¿Tú, Sambigliong?
—¿Yo? ¡No, señor Yáñez! La explosión fue la que lo puso en este estado. Probablemente fue un casco de granada el que le produjo la herida.
—¡Pronto! ¡A bordo!
—Ya hemos llegado, señor Yáñez.
Las cuatro chalupas abordaron al *Rey del Mar* cerca de la escala, que colgaba hacía ya algún tiempo.
Hicieron sitio a la barcaza.
Dos hombres recogieron con sumo cuidado al comandante de la nave hundida, que seguía desvanecido, y comenzaron a subir con grandes precauciones, seguidos por Yáñez y catorce marineros del crucero, los únicos sobrevivientes salvados de las olas.
Sandokán, que había asistido a la destrucción del buque enemigo con gran impasibilidad, los esperaba en lo alto de la escala.
Al ver al capitán y a los marineros del rajá, se quitó el turbante y dijo con voz grave:
—¡Honor a los valientes!
Enseguida, estrechó en silencio la mano de Yáñez.
Darma, que, junto con Surama, se hallaba a algunos pasos de distancia, muy pálida, profundamente emocionada por la horrible escena que se había desarrollado ante sus ojos, se adelantó hacia los marineros que transportaban al desdichado comandante.
—¿Ha muerto? —preguntó, con voz ahogada.
—No —contestó Yáñez—. Pero parece que la herida es grave.
—¡Ay, Dios mío! —exclamó la joven.
—¡Silencio! —dijo Sandokán—. ¡Abran paso al valiente desgraciado! ¡Que lleven al comandante a mi camarote!
Con un gesto que no admitía réplica, detuvo a Darma y a Surama, y siguió a los marineros hasta la cámara, acompañado por Yáñez y Tremal-Naik.
El médico de a bordo —que era norteamericano y que, lo mismo que los maquinistas y los cabos de cañón, había aceptado la propuesta

de Sandokán para seguir en el barco hasta que terminase la campaña— acudió inmediatamente.

—¡Venga, doctor Held! —le dijo Sandokán—. ¡Me parece que el comandante del crucero está muy grave!

—Haremos cuanto sea posible para salvarlo —contestó el norteamericano.

—Cuento con toda su ciencia.

Entraron en el camarote, donde ya habían depositado a sir Moreland sobre el lecho del pirata.

—Esperen en el corredor hasta que les avise —dijo Sandokán a los dos marineros—, y avisen a los enfermeros que estén preparados para venir en cuanto se los llame.

El médico desnudó completamente a sir Moreland. Sólo tenía una herida en un costado; pero era horrible.

El proyectil que se la causó —probablemente un casco de granada— había magullado y rasgado la carne, y había dejado un hondo surco, de más de veinte centímetros de largo.

La sangre se escapaba a borbotones por la herida, y amenazaba con desangrar rápidamente a aquel desdichado.

—¿Qué opina, doctor Held? —preguntó Yáñez, mirándolo como si quisiera adivinar su pensamiento.

—La herida es más dolorosa que grave —respondió el médico—. Ha perdido mucha sangre; pero este inglés es robusto.

—¿Me asegura que se curará?

—Le aseguro que la vida de este hombre no corre peligro.

Sandokán permaneció silencioso por un momento, mirando el cadavérico rostro del inglés. Después, como si hablara consigo mismo, dijo:

—¡Es mejor así! Este hombre puede resultarnos útil algún día.

Iba a salir de la habitación, cuando el herido exhaló de pronto un profundo suspiro, al que siguió un gemido ronco.

El doctor había puesto sus manos sobre la herida para unir los bordes, y cuando sintió aquella presión, el comandante del crucero se estremeció. Después abrió los ojos.

Echó una mirada opaca a su alrededor: primero la detuvo en el doctor y luego sobre Yáñez, que estaba al otro lado de la cama.

Abrió los labios y murmuró, con voz casi imperceptible:

—¡Usted!
—¡No hable, sir Moreland, no hable! —dijo el portugués—. ¡Se lo prohíbe el doctor!

El comandante negó con la cabeza, y haciendo acopio de todas sus fuerzas, añadió con voz más clara, aunque muy fatigosa:

—Mi espada está en mi barco.

—No se la hubiera aceptado a usted, caballero —dijo Sandokán—. Lo que siento es que se haya hundido con el barco y que por eso no pueda devolvérsela. ¡Usted es un valiente y yo lo estimo como se merece!

Haciendo un heroico y supremo esfuerzo, el joven levantó su diestra y se la tendió a su adversario, que la estrechó suavemente.

—¿Y mis hombres? —volvió a decir sir Moreland, mientras su rostro se contraía de nuevo.

—Los hemos salvado. ¡Pero basta! ¡No se fatigue más!

—¡Gracias! —murmuró el herido.

Se desplomó y cerró los ojos nuevamente. Había vuelto a desmayarse.

—¡Ahora le toca a usted, doctor! —dijo Sandokán.

—No dude que lo cuidaré y que me ocuparé de él como si se tratase de un hijo suyo. ¡A ver, que vengan los enfermeros!

Mientras éstos entraban llevando desinfectantes, rollos de algodón y varios frascos, Sandokán, Yáñez y Tremal-Naik subieron lentamente la escalera y volvieron a la cubierta.

Darma, que los esperaba en la puerta de la cámara, se acercó al portugués.

—¡Señor Yáñez! —susurró, procurando que la voz le saliera firme.

El portugués se quedó mirándola unos instantes sin contestar, y finalmente le estrechó la mano en silencio.

—¿Se salvará? —murmuró con angustia Darma.

—Así lo espero —repuso Yáñez—. ¿Te interesa mucho ese joven, Darma?

—¡Es un valiente!

—¡Sí, y más que eso!

—Si se cura, ¿lo mantendrán prisionero?

—Veremos qué decide Sandokán; pero es probable.

Darma se alejó con Surama, que se había separado un poco. Y Yáñez fue al encuentro de Sandokán, que hablaba animadamente con Tremal-Naik.

—¿Qué opinas de ese joven? —le preguntó.
—¿Es el que mandaba el fuerte de Macrae?
—Sí —contestaron a un tiempo Yáñez y Tremal-Naik.
—¡Pues es un hombre valeroso! —dijo Sandokán—. Para nosotros, es una verdadera suerte que haya caído en nuestras manos. Si el rajá tuviese tan sólo media docena de hombres como él, nos darían muchísimo quehacer. No debe de ser inglés de pura sangre: el color de su piel es demasiado oscuro.
—Me contó que solamente su madre era inglesa —dijo Tremal-Naik—. Formaba parte, según creo, de la marina inglesa. Eso me contó una noche. Tenía el grado de teniente.
—¿Y qué es lo que vamos a hacer con él? —preguntó Yáñez.
—Lo tendremos como huésped —contestó Sandokán—. Podría sernos útil el día menos pensado. En cuanto a los demás prisioneros, haré que se embarquen en una chalupa, y los dejaré en libertad para que se vayan a cualquier lugar de la costa.
—Y ahora, ¿adónde diriges la mira? —preguntó Tremal-Naik.
—Yáñez y yo hemos trazado ya nuestro plan de guerra —repuso Sandokán—. Nuestro primer y principal cuidado es no dejarnos sorprender por la escuadra de Sarawak ni por los ingleses. Seguro que procurarán reunirse para destruirnos de un solo golpe; pero si encontramos el medio de tener carbón siempre que lo necesitemos, con la velocidad que puede alcanzar el *Rey del Mar*, podemos reírnos del rajá y también del gobernador de Labuán.
—Por eso les aconsejo que, ante todo y sin dar tiempo a que se reúnan las dos escuadras, ataquen los depósitos de carbón que hay en la boca del Sarawak —dijo Tremal-Naik.
—Precisamente eso es lo que vamos a intentar —respondió Sandokán—. Después iremos a destruir los depósitos que los ingleses poseen en la islita de Mangalum. Una vez que ellos no tengan posibilidad de abastecerse, nosotros quedaremos en condiciones de superioridad con respecto a unos y a otros, y libres para arrojarnos sobre las líneas de navegación y dar un golpe mortal al comercio de los ingleses con el Japón y con la China. ¿Están de acuerdo?

—Sí —contestaron Yáñez y Tremal-Naik.

—Pero, además, tengo otra idea —continuó Sandokán, después de un breve silencio—. Tengo el proyecto de sublevar a los dayacos de Sarawak. Todavía conservamos entre ellos muy buenos amigos, que son precisamente los que nos ayudaron a derrotar a James Brooke. Si nosotros estamos en el mar y aquellos terribles cortacabezas nos cubren la espalda, ni el rajá ni el hijo de Suyodhana se van a sentir muy a gusto.

—¿Crees que el hijo del jefe de los *thugs* está con el rajá?

—No estoy seguro —respondió Sandokán.

—Ni yo tampoco —añadió Yáñez.

—¿Enviaste al *Mariana* a alguna parte? —preguntó el hindú.

—Nos espera en el cabo Taniong-Datu, cargado de carbón, municiones y armas.

—¿Habrá llegado ya?

—Eso supongo.

—En ese caso, vamos a Sarawak.

5
A la caza del Rey del Mar

Unos minutos más tarde, los sobrevivientes del crucero eran puestos en una chalupa provista de víveres para que pudiesen navegar hasta Redjang sin correr el riesgo de pasar hambre. Por su parte, el *Rey del Mar* se lanzó a través del golfo de Sarawak con la proa hacia el sur.

En el mar reinaba una calma casi absoluta. Cada tanto soplaba la brisa, que en aquellas latitudes parece de fuego, y todos los veleros la temen porque suelen quedarse casi inmóviles durante largas semanas. Muy de vez en cuando, una amplia ondulación proveniente del Este crecía gradualmente y, después de pasar bajo el crucero al que daba una brusca sacudida, iba a perderse en la dirección opuesta.

Cuando había pasado aquella enorme ola procedente de las lejanas costas de las islas de Sonda, el océano volvía a recobrar su inmovilidad.

En ninguno de los cuatro puntos cardinales se veían buques. En cambio, abundaban los pájaros de los trópicos, voladores incansables, que, a veces, se encuentran a centenares de millas de la costa. Eran, en su mayor parte, *Priafinus ciscercus*, especie de procelarios, los cuales —cosa verdaderamente extraña— llevan casi siempre adheridos a las plumas del abdomen cangrejitos de mar y pequeñísimos moluscos, a los que obligan a vivir en el aire a pesar suyo. Sin embargo, parece que no se sienten muy a disgusto en aquellos viajes aéreos, porque no se advierten en ellos signos de sufrimiento.

De vez en cuando aparecían, a apenas un metro de profundidad, largas filas de magníficas medusas en forma de paraguas transparentes, que se dejaban transportar blandamente por el flujo y el reflujo. Otras veces marchaban delante del barco, rápidos como flechas, los *Prontoporsas* —que son los delfines más pequeños de la especie, armados con un pico larguísimo— y las espléndidas doradas —cuyas escamas parecen pintadas de azul y oro, que son enemigos terribles de los peces voladores, y que cuando van a morir pierden sus colores y se vuelven grises.

El *Rey del Mar* navegaba rápidamente. Iba a más de doce nudos[19] y marchaba en línea recta hacia la costa de Sarawak, con objeto de destruir los depósitos de carbón de la escuadra del rajá.

Era realmente un barco soberbio, dotado de extraordinarias cualidades marineras, a pesar de su coraza, de sus torres y de su artillería. En suma, un corsario[20] absolutamente moderno: el único, probablemente, que podía atreverse a acometer aquella audaz empresa contra la poderosa flota inglesa, sin tener un puerto donde poder refugiarse.

—Y bien, Tremal-Naik —dijo Sandokán, que salía en aquel momento a la cubierta, después de haber hecho una rápida visita a sir Moreland—, ¿qué me dices de nuestro *Rey del Mar*?

—Que es el mejor crucero y el más poderoso que he visto. ¡Una verdadera maravilla! —contestó el hindú, evidentemente entusiasmado.

—Sí, los norteamericanos son magníficos constructores. Hace veinte años tenían que recurrir al extranjero para crear su propia escuadra, y ahora poseen los mejores astilleros del mundo. En la actualidad, sus navíos son sólidos y poderosos. Con éste, te aseguro, vamos a darles muchos dolores de cabeza a nuestros enemigos.

—¿Y si Inglaterra te echa encima los mejores barcos de su marina? ¿Has pensado en eso, Sandokán?

—Los haremos correr, amigo —contestó el Tigre de la Malasia—. El océano es muy grande y nuestro buque, el más veloz. Además, habrá transportes ingleses a los que podremos atacar y privar de combustible. No creas que tengo la presunción de poder sostener indefinidamente esta

---

[19] Millas por hora.
[20] Buque que hace campaña marítima contra el comercio enemigo, siguiendo las leyes de la guerra. Se dice también de los tripulantes de ese buque.

lucha; pero, antes de que llegue el día en que, por una u otra causa, deba terminarse, les habremos causado a nuestros enemigos daños tan grandes, que lamentarán habernos echado de nuestra isla.

Encendió su magnífico narguile[21], tomó al hindú de un brazo y, después de haber paseado durante algunos minutos desde la rueda del timón hasta la torre de popa, dijo:

—¿Sabes que el capitán va mejorando?

—¿Sir Moreland? —preguntó Tremal-Naik.

—Sí, a pesar de lo horrible de la herida. Tiene un poco de fiebre, nada más. El doctor Held está asombrado, y yo creo que con razón. ¡Qué fibra tiene ese hombre!

—¿Te ha reconocido?

—Sí.

—Debe de haberse quedado estupefacto al verse en nuestras manos. Seguro que no imaginaba que iba a encontrarse tan pronto con sus antiguos prisioneros. ¿Duerme?

—Sí, y muy tranquilamente por cierto.

—¿No te estorbará ese hombre?

—Podría suceder que sí; pero tengo algunos proyectos para él.

—¿Cuáles?

—Todavía no lo sé bien —dijo Sandokán—. Ya pensaré en qué puede sernos útil. Ante todo, procuraremos hacernos amigos suyos. Yo creo que nos debe algún reconocimiento por haberlo salvado de la muerte.

—Adivino lo que piensas —dijo Tremal-Naik—. Esperas que te dé algunas noticias acerca del hijo de Suyodhana.

—Exacto —confesó Sandokán—. Combatir a un enemigo desconocido, que no se sabe dónde se encuentra ni qué está tramando, es algo que puede inquietar a cualquiera. ¡Bah! Un día u otro saldrá del misterio en que se envuelve y se nos mostrará. Y ese día el Tigre devorará también al tigrecito de la India.

En aquel momento apareció el doctor Held en la puerta de la cámara.

---

[21] Pipa para fumar usada por los orientales, compuesta de un largo tubo flexible, del recipiente en que se quema el tabaco y de un vaso lleno de agua perfumada, a través de la cual se aspira el humo.

El norteamericano —que, como se dijo, había aceptado las propuestas que le había hecho Sandokán, las cuales podían costarle la vida— era un joven arrogante de entre veintiséis y veintiocho años, alto, delgado, de mirada inteligente, frente amplia, rostro tan rosado como el de una jovencita, y llevaba la barba rubia cortada en punta.

—¿Qué puede contarnos, doctor Held? —le preguntó Sandokán, yendo a su encuentro.

—Que ya puedo responder de la curación del prisionero —respondió el médico—. Dentro de quince días tendremos a nuestro hombre perfectamente bien. ¡Esos angloindios tienen una piel muy dura!

La conversación fue interrumpida por la campana que anunciaba la comida.

—¡A la mesa! De lo contrario, Yáñez se impacientará —dijo Sandokán.

Mientras tanto, el *Rey del Mar* continuaba su marcha hacia el Suroeste.

El océano continuaba desierto, pues la zona que recorría el barco casi nunca era frecuentada por veleros y vapores, los cuales remontaban generalmente más al Norte o más al Sur: unos, para evitar las zonas de calma absoluta; y los otros, para evitar los bancos submarinos, que abundan extraordinariamente en las cercanías de las costas de Borneo.

De vez en cuando bandadas de aves se posaban en las cofas de los mástiles y se adueñaban de ellas. Dejaban que los marineros se les acercasen, sin mostrar la menor inquietud.

Aquellos pájaros pertenecían a la especie de las aves procelarias gigantes, de plumas oscuras, llamados "quiebrahuesos". Son pescadores empedernidos y poseen un pico tan agudo y tan fuerte que les permite hacer frente a los peces de mayores dimensiones, a los que matan hiriéndoles la cabeza.

También algún que otro magnífico albatros solía revolotear alrededor de la nave. Saludaba a la tripulación lanzando su peculiar gruñido, muy semejante al de un cerdo, y atravesaba la toldilla[22] sin apresurarse, a pesar de los tiros que le disparaban los malayos. Como presa de caza, esos pájaros son detestables. Si bien miden de punta a punta de sus alas tres metros y medio, su cuerpo no llega a pesar más allá de ocho o diez kilogramos; sin contar, además, con que su carne es dura como el cuero y tiene un olor muy desagradable.

---

[22] Cubierta parcial que tienen algunos buques a la altura de la borda.

Cuando están en el aire, son dignos de admiración por su vuelo maravilloso. Durante algunos instantes permanecían casi inmóviles encima del crucero, haciendo vibrar de una manera apenas perceptible sus gigantescas alas. Enseguida, salían disparados como rayos, se lanzaban sobre el mar y, en un abrir y cerrar de ojos, pescaban pequeños pulpos y calamares, que son su comida preferida.

No faltaban presas para aquellos astutos pájaros, ya que esa parte del océano es extraordinariamente rica en peces, cosa que también alegraba a los marineros, que se las ingeniaban para atraparlos con pequeñas redes, a pesar de la velocidad con que marchaba el buque. Luego, la pesca servía para aumentar el menú de a bordo.

Por otra parte, nadaban casi en la superficie bandadas de doradas, delfines pequeños y serpientes de mar de un metro de largo, de forma cilíndrica, piel oscura y negra, y cola amarilla. También flotaban multitud de trotones, unos pescados muy extraños, que casi siempre navegan con el vientre hacia arriba y que se hinchan hasta que parecen una pelota.

Los trotones subían de a miles desde las profundidades del océano, mostrando las agudas espinas que los recubren por completo, y que los hacen tan semejantes a los erizos terrestres; pero sus colores son diferentes: blancos, violáceos y manchados de negro. En medio de los trotones, y con los tentáculos extendidos para aprovechar el menor soplo de aire, desfilaban largas hileras de nautilos.

De vez en cuando un movimiento de terror dispersaba a todos esos habitantes del océano tropical. Las doradas desaparecían precipitadamente; los trotones se desinflaban con gran rapidez y se dejaban ir al fondo; los nautilos replegaban sus tentáculos, daban vuelta su caparazón, en el que navegaban como en pequeños barcos, y se sumergían.

Todo aquello se debía a que en medio de ellos aparecía un enemigo terrible, de voracidad insaciable, que abría su formidable boca, erizada de unos dientes tan agudos como los de los tigres. Ese enemigo es el *karkarios*, un pez-perro de cinco o seis metros de largo. Su imprevista aparición sembraba el terror. El *karkarios* es temido incluso por el hombre.

Con la rapidez del relámpago, tragaba los peces que se habían retrasado en su huida. Luego desaparecía enseguida, precedido siempre por su piloto, que es un lindísimo pececito de piel azul y púrpura, con estrías negras, de unos veinticinco centímetros de largo, y que sirve de guía a su temible patrono y protector.

En cuanto desaparecía el peligro, volvían a juguetear las doradas, los trotones subían a la superficie convertidos de nuevo en una bola, y desde los espléndidos caparazones ribeteadas de nácar, los nautilos enderezaban de nuevo sus ocho tentáculos, ligeramente redondeados por las puntas.

Hacia el anochecer, Yáñez y Sandokán entraron en el camarote donde estaba el angloindio, y comprobaron con satisfacción que el herido se encontraba bastante mejor que lo que había estado por la mañana. La fiebre casi había desaparecido y la herida, sabiamente cuidada por el hábil norteamericano, apenas sangraba.

Cuando entraron, sir Moreland estaba hablando con voz bastante clara con el doctor Held, y le pedía noticias acerca del poder del buque corsario. Al verlos, el angloindio hizo un esfuerzo para sentarse; pero Sandokán se lo impidió con un gesto.

—No, sir Moreland —dijo—, usted está demasiado débil y por ahora debe abstenerse de hacer el menor esfuerzo. ¿No es cierto, amigo Held?

—Podría volver a abrirse la herida —contestó el doctor—. Ya sabe, sir, que le he prohibido todo movimiento.

El prisionero tendió la mano al médico, a Yáñez y a Sandokán y les dijo:

—Muchas gracias, señores, por haberme salvado; aun cuando yo hubiera preferido hundirme con mi barco, en compañía de mis desgraciados marineros.

—Un marinero siempre tiene oportunidades para morir —contestó Yáñez, sonriendo—. Todavía no terminó la guerra, ya que para nosotros apenas ha comenzado.

Una nube oscureció la frente del angloindio.

—Yo creía que la misión de ustedes había terminado con el rescate de aquella jovencita y de su padre.

—Para eso no hubiese comprado yo un barco como éste —dijo Sandokán—. Me hubiera bastado con mis praos.

—¿De modo que ustedes continuarán?

—No le quepan dudas. Mientras haya un solo hombre y un solo cañón disponibles.

—Los admiro, señores; pero supongo que esas correrías van a terminar pronto. El rajá e Inglaterra van a perseguirlos con sus escuadras. ¿Cómo piensan resistir esos ataques? Les faltará el carbón y se verán obligados rendirse o a dejarse hundir después de una resistencia inútil.

—¡Ya lo veremos!

Sandokán cambió bruscamente de tono y le preguntó:

—¿Cómo se encuentra, sir Moreland?

—Bastante bien. El doctor me asegura que dentro de unos días podré levantarme.

—Me dará mucho gusto verlo pasear por el puente de mi barco.

—¿De modo que piensan retenerme prisionero? —dijo el angloindio, sonriendo.

—Aunque quisiera devolverle la libertad, no podría hacerlo en este momento, porque estamos muy lejos de la costa.

—¿Vamos hacia el Norte?

—No, sir Moreland. Al contrario: vamos hacía el Sur. Tengo ganas de ver la boca del Sarawak.

—Lo comprendo perfectamente. Ustedes pretenden asaltar los depósitos de carbón del rajá.

—Todavía no lo sé.

—Señor Sandokán, si usted me lo permite, desearía preguntarle una cosa.

—Hable, sir Moreland —contestó el Tigre de la Malasia—. Después, si a su vez me lo permite usted, le haré algunas preguntas.

—Lo que deseo saber es por qué ha envuelto usted también en esta guerra al rajá de Sarawak.

—Porque estamos convencidos de que es el protector del hombre misterioso que lanzó contra nosotros a los ingleses de Labuán, y que en tan solo un mes nos ha causado tantos perjuicios.

—¿Y quién es ese hombre?

Sandokán clavó en el angloindio una mirada penetrante, como si quisiera leer en el fondo de su corazón y después dijo:

—Es imposible que usted, que pertenece a la marina del rajá, no lo conozca.

Sir Moreland permaneció silencioso durante unos instantes.

—No —dijo finalmente—. No vi nunca al hombre a quien usted

alude. Sin embargo, oí contar que un individuo misterioso (que, según parece, posee riquezas fabulosas) ha visitado al rajá, y puso a su disposición hombres y barcos para vengar a James Brooke.

—Un indostano, ¿no es cierto?

—No lo sé —contestó sir Moreland—, porque no lo he visto nunca.

—¿Y ese hombre fue el que puso contra nosotros al rajá y a los ingleses?

—Así me dijeron.

—¿El hijo de un jefe famoso de los *thugs* de la India?

—Eso no lo sé.

—¿Quiere enfrentarse a los tigres de Mompracem?

—Y, según creo, está seguro de que los vencerá.

—¡Caerá, como cayó su padre y como ha caído toda su secta! —dijo Sandokán.

En los negros ojos del angloindio brilló un relámpago. De nuevo se quedó en silencio, como si un pensamiento repentino lo perturbara. Después dijo:

—¡El futuro dirá!

Y cambiando bruscamente de conversación, preguntó:

—¿Siguen a bordo aquel indostano y su hija?

—Ya no nos separaremos de ellos, porque su suerte está ligada a la nuestra —contestó Sandokán.

Sir Moreland lanzó un suspiro y dejó caer la cabeza sobre la almohada.

—Descanse tranquilo —le dijo Sandokán—. Esta noche no sucederá nada.

Salió del camarote acompañado por Yáñez, y ambos subieron a la cubierta. Surama y Darma estaban tomando fresco y charlando con Tremal-Naik.

Al ver a Yáñez, Darma se apresuró a interrogarlo con la mirada.

—¡Va todo bien! —le susurró el portugués, con su acostumbrada sonrisa.

—¿Podré visitarlo?

—Mañana nada te impedirá que lo hagas, si...

Un grito del vigía instalado en la cofa del trinquete le cortó la frase:

—¡Humo en el horizonte! ¡Al Oeste!

Aquel grito hizo parar de un salto a Sandokán, que acababa de tomar asiento al lado de Tremal-Naik. Y toda la tripulación corrió a la cubierta.

Sobre el cielo, todavía iluminado por el sol que no había terminado de ocultarse, se elevaba una fina columna de humo que se destacaba perfectamente en la límpida y tranquila atmósfera.

—¿Será algún barco de guerra que viene en busca de nosotros —preguntó Yáñez—, o un pacífico vapor, con rumbo a Sarawak?

—Creo que es un barco de guerra —dijo Sandokán, que había enfocado el catalejo en aquella mancha de humo—. ¡Ah! Parece que se aleja hacia el Oeste: el humo se repliega hacia nosotros.

—¿Les parece que nos descubrió? —preguntó Tremal-Naik, que se había reunido con ellos.

—Así como nosotros nos dimos cuenta de su presencia, lo mismo puede haberles sucedido a ellos. Habrán visto el humo de nuestro barco.

—Tengo una sospecha —dijo Yáñez.
—¿Cuál?
—Que se trate un barco explorador.
—Es posible, Yáñez —contestó Sandokán.
—¿Y qué piensas hacer?
—Seguirlo a distancia. Mañana al amanecer nos pondremos a perseguirlo. Y tanto peor para él si pertenece a la escuadra del rajá o de Labuán. Pasaremos la noche en la cubierta.

Las sombras de la noche caían rápidamente, y las tinieblas impidieron que pudieran seguir viendo aquel penacho de humo; pero el *Rey del Mar* había puesto la proa al Oeste para seguirlo en su ruta.

Estaba seguro de poder alcanzarlo con sus poderosas máquinas antes de que amaneciese, y de capturarlo o hundirlo con su formidable artillería.

Se decidió que permanecería sobre cubierta la guardia franca, como medida de precaución, pues podría darse el caso de que, durante la noche, ocurriesen graves acontecimientos.

—¡A doce nudos! —ordenó Sandokán—. ¡Lo seguiremos de cerca!

La noche era espléndida: una verdadera noche de los trópicos, llena de fascinación y de encantos, como tan sólo puedan darse en aquellas regiones de calma casi perpetua.

A pesar de que el sol había desaparecido hacia ya algunas horas, parecía como si hubiera dejado tras de sí un rastro de luz, porque la oscuridad no era completa en el firmamento. Una vaga claridad, una transparencia increíble reinaba allá arriba, se proyectaba en las aguas del océano y permitía ver a gran distancia.

Por trechos, las aguas parecían de fuego. Desde los profundos abismos marinos subían legiones de medusas, y las magníficas anémonas abrían y extendían sus brillantes corolas rosadas, blancas, azules, amarillas y violeta, haciendo ondear blandamente sus franjas fulgurantes.

En medio de aquellas oleadas de luz submarina se deslizaban de vez en cuando grandes monstruos que esparcían el terror y la confusión entre los demás animales.

Unas veces eran karkarios, escualos hambrientos y siempre peligrosos; otras, eran gigantescos calamares con pico de papagayo, ojos glaucos y fijos, y los tentáculos cubiertos de ventosas. En cambio, en otras ocasiones, aparecía sobre la superficie una masa gigantesca, lanzaba a lo alto chorros enormes y volvía a caer con un golpe sordo y profundo. Era un ballenato con el dorso negro y verdoso, de unos quince metros de longitud: cetáceo bastante común en los mares tropicales, a pesar de la encarnizada persecución con que lo acosan los barcos balleneros.

Aun cuando el día había sido bastante fatigoso y, por lo menos en apariencia, ningún nuevo peligro amenazaba al buque, Sandokán y Yáñez no se retiraron a dormir. Y no era, ciertamente, para gozar de aquella magnífica noche, ni para admirar los fulgores de las anémonas, espectáculo, por otra parte, al que ya estaban habituados los antiguos navegantes de los mares de la Malasia.

Un secreto temor los retenía en el puente. Paseaban con cierto nerviosismo, y se detenían con frecuencia para mirar hacia el Oeste.

Aquel humo los preocupaba mucho, pues temían que fuese el de un barco destacado de alguna escuadrilla.

—¿Has visto algo? —preguntó Yáñez a Sandokán, a eso de la medianoche, al ver que se detenía por enésima vez y dirigía el catalejo hacia el Oeste.

—Juraría que hace algunos minutos vi brillar un punto blanco muy luminoso en la dirección por donde desapareció el penacho de humo —contestó, pensativo, el Tigre.

—¿Sería el farol del trinquete de ese barco, o una estrella?

—No, Yáñez, ni una cosa ni la otra.

—¿Crees que nos anda buscando la escuadra de Labuán? Ten la seguridad de que no permanecerá tranquilamente en el puerto de Victoria, después de nuestra declaración de guerra. Pero, con la velocidad que podemos alcanzar, no nos será difícil dejarla a nuestras espaldas.

—Y el carbón se nos acabará muy pronto —contestó Sandokán—. Nuestras carboneras están ya medio vacías.

—Las llenaremos por cuenta del rajá.

—Si podemos llegar hasta la boca del Sarawak.

—¿Qué es lo que temes?

Sandokán no respondió. Continuaba mirando siempre hacia el Oeste, recorriendo con la vista toda la línea del horizonte.

De pronto bajó el catalejo.

—¡Un relámpago! —dijo.

—¿Dónde, Sandokán?

—En la dirección que tomó aquel barco. Me parece que fue un relámpago de luz eléctrica.

—Sí, señor —afirmó el norteamericano Horward, que había salido un momento de la sala de máquinas—. También yo lo vi.

—Entonces, ¿ese barco está comunicándose con otro? —preguntó Yáñez.

—Eso es lo que temo —respondió Sandokán—. Por suerte, el horizonte está muy claro y enseguida podemos distinguir al enemigo. Señor Horward, hágame el favor de dar orden en la máquina para que incrementen la marcha a catorce nudos. Tengo curiosidad por saber quién es el que puede navegar con nosotros.

Acababa de transmitir la orden al norteamericano, cuando volvió a brillar de nuevo un relámpago en la misma dirección. Una lámpara eléctrica de gran potencia había proyectado sobre el océano un amplio haz luminoso.

Un instante después, una delgada columna de humo se elevó en el horizonte.

—¡Un cohete! —dijo Yáñez—. Se trata de dos barcos que se comunican entre sí. Y uno de ellos debe de ser el que huyó al acercarnos nosotros. Está indicando el rumbo que llevamos.

—Señor Sandokán —dijo el norteamericano— si no me engaño, veo deslizarse por el océano un punto negro. Ahora atraviesa una franja de agua fosforescente.

—¡Un punto! Entonces no puede tratarse de un barco.
—Y, por lo que parece, marcha con una velocidad extraordinaria.
—¿Será alguna chalupa de vapor?

Levantó nuevamente el catalejo y lo mantuvo en posición horizontal durante algunos minutos. El punto negro, que se agrandaba rápidamente, había atravesado la zona fosforescente, y se confundía con el color oscuro del agua. Se acercaba a otra zona, formada por millares de nautilos, anémonas y medusas.

—Me parece una gran chalupa de vapor —dijo Sandokán—, y no está a más de dos mil metros de distancia. ¡La mandaremos a que haga compañía a las medusas! ¡Contramaestre Steher!

6
El misterio de sir Moreland

Un viejo contramaestre, de larga barba canosa y espaldas cuadradas se adelantó, marchando con ese particular balanceo de los viejos lobos de mar.

—El capitán que nos vendió este barco me dijo que eres un artillero famoso —dijo Sandokán, mientras el contramaestre se quitaba de la boca un pedazo de cigarro que estaba masticando. Luego de hacerlo, saludó gravemente.

—Los ojos todavía los tengo buenos, comandante —contestó el viejo.

—¿Serías capaz de enviar una bala a aquel curioso que trata de aproximarse a nosotros? Si lo alcanzas y lo hundes, tendrás cien dólares de premio.

—Lo único que necesito, comandante, es que mande detener el *Rey del Mar* durante unos cinco minutos.

—Te pido un tiro de maestro.

—¡Probaremos, comandante!

El punto negro, que ya se había convertido en una raya muy visible, entraba en la segunda zona fosforescente.

—¿Lo ves? —le preguntó Sandokán.

—Debe de ser una de esas máquinas que han inventado mis compatriotas y que llevan un torpedo fijo en el asta —dijo el viejo—. Si se acercan son peligrosos.

—¡A tu puesto!

Yáñez había dado la orden de parar.

El *Rey del Mar* anduvo todavía unos doscientos metros, a pesar de que la hélice funcionaba en sentido contrario. Enseguida se detuvo y quedó en una inmovilidad absoluta, pues el océano estaba en total calma.

El contramaestre ya se estaba colocado detrás de una de las grandes piezas.

En la toldilla de la nave reinaba un silencio profundo. Todos esperaban aquel disparo, llenos de ansiedad, y tenían fijos los ojos en la chalupa, que avanzaba a todo vapor a través de la fosforescencia, aunque procuraba acercarse al crucero sin ser descubierta.

De repente un grito que salió de la torre rompió el silencio:

—¡Pronto!

La pequeña embarcación de vapor se encontraba a unos mil quinientos metros de distancia del *Rey del Mar*. Su casco negro se dibujaba claramente sobre la luminosa superficie de las aguas.

Retumbó una detonación y un relámpago iluminó las tinieblas.

Durante un instante se oyó un ronco silbido, que fue debilitándose rápidamente. El proyectil, de buen calibre, se alejaba rozando las olas.

De repente resonó otra detonación a la distancia. En la chalupa torpedera se elevó una llamarada, seguida de una lluvia de chispas.

Casi en el mismo momento se apagó bruscamente la fosforescencia. Los nautilos, las medusas y las anémonas, asustados por aquel estruendo, desaparecieron rápidamente en las misteriosas profundidades del mar.

—¡Tocada! —exclamó Sandokán.

Un grito de triunfo estalló a bordo del crucero. El veterano artillero, con aire risueño, se adelantó hacia Sandokán.

—Comandante —le dijo—, he ganado mis cien dólares.

—¡No, doscientos! —replicó el Tigre de la Malasia.

Luego dio algunos pasos hacia adelante, exclamando:

—¡Lo sospechaba! ¡Está bien! ¡Vamos a correr!

Algunos puntos luminosos, que apenas se distinguían, aparecieron en el horizonte un momento después de la inmersión de los moluscos fosforescentes.

Los avezados ojos de aquellos marinos, envejecidos sobre el océano, reconocieron que no se trataba de estrellas, sino de faroles de barco; y, probablemente, barcos de guerra lanzados sobre la pista del *Rey del Mar*.

—¿Será la escuadra del rajá o la de Labuán? —había preguntado Yáñez.

—Me parece que esos barcos vienen del Norte —contestó Sandokán—. Apostaría a que la escuadra inglesa trata de reunirse con la de Sarawak. Alguien debió decirles que estamos recorriendo estos mares, y se lanzaron a perseguirnos.

—Eso destruye nuestros proyectos.

—Es cierto, Yáñez, porque nos veremos forzados a huir hacia el Norte. El *Rey del Mar* es poderoso; pero no tanto como para hacer frente a una escuadra.

—¿Qué te propones hacer?

—Dejar para una ocasión más oportuna la destrucción de los depósitos de carbón de Sarawak, y remontarnos hasta el cabo Taniong-Datu, con el propósito de encontrar al *Mariana*, y enseguida echarnos sobre las líneas de navegación antes de proveernos de combustible en Monzalm. En cuanto la escuadra vaya a buscarnos a los parajes de Labuán, volveremos para ajustar las cuentas con el rajá y con el hijo de Suyodhana.

—¡Has nacido para ser un gran almirante! —dijo Yáñez, riendo.

—¿Apruebas mi proyecto?

—Por completo. ¿Y el *Mariana*?

—Lo enviaremos a la boca del Redjang para que nos espere allí, y encargaremos que armen a nuestros amigos, los dayacos.

—¡Ahora naveguemos rápido, hermano! ¡Los barcos se aproximan!

—¡Señor Horward! —gritó Sandokán—. ¡A toda máquina!

—Iremos a tiro forzado, comandante —contestó el norteamericano.

El *Rey del Mar* había vuelto a emprender su carrera. Montones de carbón llovieron sobre los hornos, y las máquinas funcionaron de un modo rabioso, imprimiendo al casco un sonoro trepidar.

Todos habían subido a cubierta, incluso Darma y Surama. Podía suceder que, de un instante a otro, el crucero se encontrara con algún buque destacado hacia el Este, y todos querían estar preparados para la lucha.

Sin embargo, en aquella dirección no se veía brillar ninguna luz.

Sandokán, Yáñez y Tremal-Naik, de pie en el puente de mando, miraban con atención los puntos luminosos, que ahora parecían haber cambiado de posición. Los comandante de los buques ingleses, al darse cuenta de que el corsario huía hacia el Norte, habían cambiado de rumbo, con la esperanza de capturarlo.

Pero la distancia entre ambos, en lugar de disminuir, aumentaba minuto a minuto y, aun cuando forzaban la máquina, aquellos barcos no podían navegar a la misma velocidad que el corsario.

Después de una carrera furiosa que duró más de una hora, los puntos luminosos se volvieron casi invisibles.

—Creo que ya es hora de que retomemos nuestro rumbo hacia el Noroeste —dijo Sandokán a Yáñez—. Los ingleses continuarán su persecución siempre hacia el Norte.

Mandó apagar todos los faroles. El *Rey del Mar*, después de describir una gran curva, se dirigió otra vez hacia el Noroeste.

La maniobra obtuvo el resultado que se esperaba: durante algunos minutos se vio brillar los faroles de los otros barcos en los confines del horizonte, y luego desaparecieron.

—¡Vamos! —dijo Yáñez muy satisfecho—. ¡Todo marcha bien! ¡Creo que podemos irnos a dormir un par de horas! ¡Nos hemos ganado el descanso!

Al despuntar el día, el mar estaba completamente desierto. No se veía más que a los pájaros marinos revoloteando sobre las olas, agitadas por la brisa matutina.

El *Rey del Mar* había reducido su marcha a ocho nudos. A cada momento que pasaba, se hacía más preciado el combustible.

Sandokán subió a cubierta, justo cuando salían los primeros rayos del sol. Todavía estaba un poco inquieto, aunque ya no abrigaba la menor duda respecto del resultado de la maniobra de la noche anterior.

—Los engañamos completamente —dijo Yáñez, que venía acompañado por Darma—. Llegaremos hasta el cabo Taniong sin ningún tropiezo. A propósito, ¿qué habrá pensado sir Moreland del cañonazo que disparamos anoche?

—Me dijo el doctor Held que se había sobresaltado mucho temiendo que hubiéramos hundido algún barco —contestó Yáñez.

—Vamos a verlo.
—¿Me permiten que los acompañe? —preguntó Darma.
—No veo ningún inconveniente —respondió Sandokán—. Por el contrario, él se alegrará de volver a ver a su bella prisionera. ¡Vamos!
—Esa visita le producirá mucha alegría y a ti también —añadió Yáñez en voz baja, acercándose a la joven.
Cuando entraron en el camarote, sir Moreland ya se había despertado y estaba charlando con el médico.
Cuando vio a Darma, que iba detrás de Sandokán y de Yáñez, la mirada del angloindio se animó, y por algunos instantes no pudo apartar los ojos de la joven.
—¡Usted, señorita! —exclamó—. ¡Qué feliz me hace volver a verla!
—¿Cómo se encuentra usted, sir Moreland? —preguntó Darma, ruborizándose.
—¡Oh! La herida cicatriza rápidamente. ¿No es verdad, doctor?
—Dentro de ocho o diez días estará cerrada por completo —respondió el norteamericano—. Es una curación verdaderamente milagrosa.
—Hubiera preferido no verlo herido, sir Moreland —dijo Darma.
—Entonces, no me hubiera visto usted aquí —respondió el angloindio—. Me hubiera dejado hundir con mi barco, al lado de la bandera de mi patria.
—Me alegro de que hayan podido salvarlo de la muerte.
El joven capitán la miró sonriendo y después dijo:
—Muchas gracias, señorita; pero...
—Pero ¿qué? ¿Qué es lo que quiere decir usted, sir Moreland?
—Que yo estaría más contento si hubiera salvado mi buque y mis marineros. ¡Ah señorita, no esperaba ser derrotado de un modo tan desastroso por quienes la protegen! Y, sin embargo, créame, no lamento mi prisión.
—Sir Moreland —dijo Sandokán—, ¿sabe que anoche por poco nos sorprenden los barcos ingleses?
—¿La escuadrilla de Labuán? —preguntó, emocionado, el herido.
—Supongo que sí; pero logramos engañarla y eludir el peligro con facilidad.
—No crea usted que siempre va a tener la misma fortuna —dijo el angloindio—. Un día cualquiera, probablemente el menos pensado, se encontrará delante de un hombre que no le dará cuartel.

—¿Se refiere al hijo de Suyodhana? —preguntó Sandokán.
—No puedo darle más explicaciones. Es un secreto que no puedo violar —contestó el angloindio.
—No puede ser ningún otro salvo él —dijo Yáñez—, aun cuando usted haya afirmado que no sabía nada de ese obstinado y misterioso adversario.

Sir Moreland pareció no haber oído a Yáñez. Estaba mirando a Darma con expresión de angustia.

Sandokán, Yáñez y la joven se quedaron hablando todavía algunos minutos más en el camarote. Intercambiaron algunas palabras con el médico.

Pero, antes de que la joven se marchara, sir Moreland le dijo, mirándola con cierta tristeza:

—Señorita, espero volver a verla pronto. Y que usted no me mire siempre como a un enemigo.

En cuanto la joven salió, el angloindio, que había permanecido largo tiempo sentado, mirando fijamente a la puerta del camarote y con los brazos cruzados sobre el pecho en actitud pensativa, le dijo al doctor, después de lanzar un profundo suspiro:

—¡Qué cosa tan triste es la guerra! ¡Siembra el odio, incluso entre corazones que podrían latir al unísono, animados por un mismo afecto!

—Y el suyo hubiera latido mucho, ¿verdad? —dijo el norteamericano, sonriendo.

—¡Sí, doctor! ¡Lo confieso!

—Por la señorita Darma, ¿cierto?

—¿Por qué iba yo a ocultarlo?

—Es una joven muy bella y muy valiente, digna de su padre y de usted.

—¡Y que nunca será mía! —dijo sir Moreland, con una voz extraña—. ¡El destino abrió entre nosotros un abismo que nada logrará cubrir, y sin que tengamos la menor culpa de eso!

—¿Por qué? —preguntó el doctor Held, asombrado por el tono con que había hablado el herido, en el que le pareció advertir una gran angustia y un odio profundo—. Estos hombres son enemigos del rajá y de los ingleses; pero no de usted.

Sir Moreland miró al norteamericano y no le contestó; pero en su rostro había una expresión tan terrible, que le llamó la atención.

—Cualquiera diría que en su vida hay algún secreto —dijo el norteamericano.

—¡Maldigo al destino, eso es todo! —contestó el joven, con voz apagada.

Luego, cambiando de tono, preguntó bruscamente:

—Doctor, ¿adónde nos conduce el comandante?

—Por ahora vamos hacia el Noroeste.

—¿A Sarawak? ¿Va a desembarcarme?

—¿Por qué? ¿Lo sentiría usted?

—Tal vez sí.

—¿Por alejarse de la señorita Darma?

—Por otros motivos más graves —contestó el angloindio.

—¿Cuáles, si no es una indiscreción mi pregunta?

—Porque el rajá me enviará de nuevo contra ustedes. Y probablemente deba asestarles un golpe mortal y hundir a la mujer a quien amo —dijo sir Moreland.

—Puede ser que ese día aún tarde mucho en llegar.

—Yo creo lo contrario, porque este barco no va a poder estar en el mar eternamente, y no siempre encontrará modos de proveerse de víveres, de municiones y de combustible, máxime cuando no cuenta con un solo puerto amigo.

—¡Sir, el océano es inmenso!

—Es cierto. Pero cuando diez o veinte navíos los encierren en un círculo de hierro, ¿qué esperanza les quedará a ustedes? Admiro la audacia de estos piratas de la Malasia, tanto como admiro su buque, una obra maestra de la ingeniería naval; pero permítame dudar del éxito de la empresa que están realizando. No niego que podrán causar graves daños a la marina mercante inglesa, muchos disgustos al rajá, puesto que el *Rey del Mar* es quizás el barco más rápido que exista y también el mejor armado; pero no por eso va a durar mucho tiempo esta situación.

—Estos formidables corsarios, sir Moreland, no pretenden mantener en jaque durante muchos años a las escuadras inglesas. Saben muy bien la suerte que les espera, y no ignoran que, un día cualquiera, sus cadáveres irán a dormir el sueño eterno en las tenebrosas profundidades del mar, o en el fondo de cualquier abismo.

—¿Y lo sabe también la señorita Darma? —preguntó, estremeciéndose, el angloindio.

—Lo supongo, sir Moreland.

—¡Ah! ¡No! ¡Desembárquela! ¡Sálvela!

—Es imposible. Aquí combaten su padre y sus protectores, a los cuales, según tengo entendido, les debe la vida, y no los abandonará —contestó el norteamericano.

Sir Moreland se pasó una mano por la frente y dijo, como si hablara consigo mismo:

—¡Sería mejor que las escuadras nos hundieran a todos! ¡Por lo menos habríamos terminado y yo no oiría ya nunca más el grito de la sangre que clama venganza!

7
En el mar de la sonda

Seis días más tarde, el *Rey del Mar*, que había navegado siempre a poca velocidad con el fin de economizar el precioso combustible, llegó al cabo Taniong-Datu, un vasto promontorio que cierra el golfo por el Oeste o, mejor dicho, al mar de Sarawak.

El *Mariana* ya se encontraba allí, escondido en una pequeña bahía resguardada por elevadas escolleras que hacían invisible el barco para los que pasaban de largo.

Lo gobernaba uno de los piratas más viejos de Mompracem, que había tomado parte en todas las empresas del Tigre de la Malasia y de su compañero Yánez: un hombre muy fiel y de un valor extraordinario como guerrero y como marino.

Según las órdenes que había recibido, llevaba un buen cargamento de armas y municiones para aprovisionar al *Rey del Mar*, en caso de que tuviera necesidad de ellas. Pero, en lo referido al carbón, apenas había podido reunir unas treinta toneladas, porque, después de la declaración de guerra de Sandokán, los ingleses de Labuán habían monopolizado todo el combustible que había en Bruni, la capital del sultanato de Borneo.

Aquella partida de carbón apenas bastaba para mantener al barco durante un par de días, navegando a muy poca velocidad. Sin embargo, se la embarcó rápidamente en las carboneras.

Temiendo que los persiguiesen, Sandokán se apresuró a dar las últimas órdenes al comandante del *Mariana*. Debía dirigirse sin titubear a Sedang, remontar el río hasta la ciudad del mismo nombre, fingiendo que era una tranquila embarcación mercantil con bandera holandesa, verse con los jefes de los dayacos que habían participado en la expulsión de James Brooke, tío del actual rajá, proporcionarles armas y municiones, hacer atacar a hierro y a fuego las fronteras del Estado, y enseguida ir a esperar al *Rey del Mar* en la boca del río.

Horas más tarde, y mientras el *Mariana* se disponía para salir, el crucero se alejaba de Taniong-Datu para continuar su ruta con velocidad moderada hacia el Noroeste, con el fin de llegar a Mangalum para proveerse en abundancia en aquel depósito carbonífero, destinado a los buques que hacen la travesía directa en los mares de la China.

Al cabo de siete días, luego de navegar siempre con muy poca rapidez para no quedarse sin carbón en el caso de un encuentro con cualquiera de las escuadras enemigas, el *Rey del Mar*, que se había mantenido siempre bastante alejado de la costa, atravesó el banco de Vernon. Ese mismo día, sir Moreland, con la ayuda del doctor, hizo su primera aparición en el puente.

Todavía estaba muy pálido y un poco débil; pero la herida había cicatrizado casi por completo, gracias a su complexión robusta y a los constantes cuidados del médico norteamericano.

Era una mañana hermosa y no muy calurosa. Soplaba del sur una brisa fresca que rizaba la inmensa superficie del mar de la Sonda, y que susurraba dulcemente entre las escotillas[23] y el cordaje metálico del crucero.

Numerosas bandadas de pájaros —la mayor parte de ellos de los llamados "pedreros", unas aves marinas dotadas de increíble agilidad y cuyo vuelo es muy rápido— revoloteaban sobre el barco, junto con los *Phoebetrie fuliginosus*, los más pequeños de la familia de los diomedeos, persiguiendo a los peces voladores que las voraces doradas hacían salir fuera del agua, obligándolos a volar largos trechos sobre las olas para ponerse a salvo.

Cuando vio aparecer al angloindio apoyado en el brazo del doctor, Yáñez, que estaba paseando por el puente al lado de Surama, se apresuró a ir a su encuentro.

---

[23] Cada una de las aberturas que hay en las diversas cubiertas para el servicio del buque.

—¡Muy bien, ya lo veo restablecido! —le dijo—. ¡Créame que me alegro mucho, sir Moreland! A los hombres de mar les hace mejor el aire libre del puente que el del camarote.

—¡Sí, señor Yáñez, ya estoy bien, gracias a los cuidados y a las atenciones de este buen doctor! —respondió el capitán.

—Desde este instante, usted puede considerarse, no como nuestro prisionero, sino como nuestro huésped. Está en completa libertad para hacer lo que le parezca e ir donde más le guste. Para usted, nuestro barco no tiene secretos.

—¿Y no teme que pueda abusar de su generosidad?

—No, porque lo considero un caballero.

—Piense que, cualquier día de estos, nos encontraremos frente a frente como enemigos terribles.

—Entonces, combatiremos con lealtad.

—¡Ah, eso sí, señor Yáñez! —dijo sir Moreland, con cierta aspereza.

Después de haber pronunciado estas palabras, de haber echado una larga mirada sobre la superficie del mar y de haber aspirado el aire marino, dijo:

—Han salido de la región cálida. Esta brisa es del Norte. ¿Dónde estamos, si no hay inconveniente en que lo sepa?

—Muy lejos de Sarawak.

—¿Están huyendo de los lugares que frecuentan los barcos del rajá?

—Por ahora sí, porque tenemos que renovar nuestras provisiones.

—Entonces, ¿ustedes tienen puertos amigos?

—En realidad, no. A nosotros nos bastan los de los enemigos para aprovisionarnos —contestó sonriendo el portugués—. Sir Moreland, colóquese donde crea que puede aspirar mejor esta hermosa brisa.

El angloindio se inclinó para dar las gracias y subió a la toldilla de la cámara, donde había visto a Darma, sentada en una mecedora bajo un toldo.

La joven fingía leer un libro, pero no había dejado de mirar al capitán a través de sus largas pestañas.

—Señorita Darma —dijo Moreland, acercándose a la muchacha—, ¿me permite que me siente a su lado?

—Lo esperaba —contestó la hija de Tremal-Naik, ruborizándose ligeramente—. Estará usted mejor aquí que en el camarote. Allí hace calor.

El doctor Held le ofreció una silla al convaleciente, encendió un cigarro y fue a reunirse con Yáñez, quien, junto con Surama, se divertía mirando los saltos que daban los pobres peces voladores, perseguidos por las doradas en el mar, y por los pájaros marinos en el aire.

El angloindio se quedó en silencio un instante, mirando a la joven, que le parecía más hermosa que nunca. Finalmente, dijo con una voz en la que se advertía una vibración extraña:

—¡Qué felicidad encontrarme aquí, después de tantos días de encierro, y a su lado todavía, cuando ya pensaba que no volvería a verla, después de su fuga de Redjang! ¡Qué linda jugada que me hizo usted, señorita!

—¿No me guardará rencor, sir Moreland, por haberlo engañado?

—Ninguno, señorita. Usted estaba en su derecho de recurrir a cualquier treta para recobrar su libertad. Sin embargo, yo hubiera preferido tenerla prisionera.

—¿Por qué?

—No lo sé. Me sentía feliz estando cerca de usted.

El capitán exhaló un largo suspiro y después añadió, con voz triste:

—¡Y, sin embargo, el destino me impondrá el deber de olvidarla!

—Sí, sir Moreland. Será preciso inclinarse ante la adversidad del destino.

—Todavía no sé —repuso el capitán— lo que haré para romper con los decretos de los hados.

—No olvide, sir, que entre nosotros está la guerra, y que ésta nos separará para siempre. ¿Qué dirían mi padre, Yáñez y Sandokán, si supieran que yo acepto la mano de uno de sus enemigos? ¿Y qué dirían la gente de usted, cuyo odio hacia nosotros es todavía más profundo, más encarnizado, más despiadado? ¿Ha pensado en eso, sir Moreland? Usted, uno de los más brillantes oficiales de la marina del rajá, a quien su patria ha armado para que nos suprima sin misericordia, ¿podría casarse con la protegida de los piratas de Mompracem? Comprenda que es completamente imposible, que es un sueño que jamás se convertirá en realidad, porque el abismo que nos separa es demasiado profundo.

—Nuestro amor colmaría ese abismo, porque el amor no tiene patria.

—Me gustaría que fuese así —dijo Darma tristemente—. Sir Moreland, olvídeme. El día en que usted recobre su libertad, olvídese de mí; vuelva al mar, y obedezca a la voz del deber, que lo obliga a exterminamos. Olvide que en este barco se encuentra una muchacha a quien ha querido, y haga tronar sin misericordia la artillería contra nosotros, y húndanos o háganos saltar por el aire. Nuestro destino está escrito con letras de sangre en el gran libro de la Vida, y todos estamos dispuestos a afrontarlo.

—¡Yo, matarla a usted! —exclamó el angloindio—. ¡A todos los demás, sí; pero a usted, no!

Las palabras "los demás" las había pronunciado con tal acento de odio, que Darma le miró espantada.

—¡Cualquiera diría que usted tiene secretos rencores contra Yáñez y Sandokán, y también contra mi padre!

Sir Moreland se mordió los labios, como si se hubiera arrepentido de haber pronunciado aquellas palabras, y contestó enseguida:

—Un capitán no puede perdonar a los que lo han vencido y han hundido su barco. Yo estoy deshonrado, y necesito el desquite, sea cuando sea.

—¿Y los ahogaría usted a todos? —preguntó Darma, horrorizada.

—¡Habría sido mejor que yo me hubiera hundido con mi nave! —dijo el capitán, rehuyendo la pregunta de la joven—. ¡No volvería a oír ese grito terrible que me persigue!

—¿Qué está diciendo, sir Moreland?

—¡Nada! —respondió el angloindio, en voz baja—. ¡Nada, señorita Darma! ¡Divagaba!

Se levantó y empezó a pasear agitadamente, como si ya no sintiese los dolores que debía de producirle la herida, todavía no cicatrizada por completo.

El doctor Held, que se encontraba allí cerca, al verlo tan agitado, se le acercó.

—¡No, sir Moreland! —le dijo—. Esos esfuerzos pueden tener graves consecuencias, y por ahora le prohíbo que los haga. ¡Todavía está usted bajo mi autoridad!

—¿Qué importa que vuelva a abrirse la herida? —dijo el angloindio—. ¡Desearía que la vida se me escapase por ella! ¡Así, por lo menos, todo habría terminado!

—No se lamente de que lo hayamos salvado, sir —dijo el médico, tomándolo del brazo y llevándoselo hacia la cámara—. ¿Quién puede predecir lo que le tiene reservado la suerte?

—¡Amarguras, nada más que amarguras! —contestó el capitán.

—Sin embargo, ayer parecía que usted estaba contento de hallarse todavía vivo.

El angloindio no respondió y se dejó conducir al camarote, pues se había levantado un viento muy fresco.

El *Rey del Mar* continuaba su ruta hacia el Norte, manteniendo siempre una velocidad de siete nudos.

Al mediodía, Yáñez y Sandokán vieron que los separaba de Mangalum una distancia de ciento cincuenta millas; distancia que podían recorrer en poco más de veinticuatro horas, sin tener que forzar la máquina.

Ambos tenían prisa por llegar, pues el tiempo empezaba a descomponerse rápidamente, a pesar de haber amanecido un día magnífico.

Hacia el Sur, aparecieron unos cirros[24] blanquecinos, que se iban ensanchando y avanzaban lentamente: eran la vanguardia de nubes mucho más densas. Y a los dos piratas no les agradaba la perspectiva de dejarse sorprender por un huracán en aquellos lugares llenos de bancos y de escolleras aisladas.

Efectivamente, el mar de la Sonda, tan abierto a los vientos fríos del Sur y del Oeste, es uno de los peores para los navegantes, porque en él se forman olas tan gigantescas, que ni siquiera en el océano Pacífico se las ve de esas dimensiones.

Por otra parte, Mangalum no podía ofrecer un refugio seguro a un barco de gran porte, pues no contaba más que con una bahía muy pequeña, suficiente tan sólo para los praos.

Muy pronto, los temores de los dos viejos lobos de mar se vieron confirmados.

Por la tarde, el sol desapareció detrás de un espeso velo de vapores de color muy oscuro, y la brisa se transformó en un viento fuerte y bastante frío.

La calma que había reinado hasta entonces en el mar se había turbado. De vez en cuando, grandes olas procedentes del Sur se estrellaban contra el crucero con un bramido sordo, y lo levantaban, con una brusca sacudida.

---

[24] Nubes blancas y ligeras, en forma de barbas de pluma o filamentos de lana cardada, que se presentan en las regiones superiores de la atmósfera.

—Mañana tendremos mar gruesa[25] —le dijo Yáñez al doctor Held, que había vuelto a subir a la cubierta—. Si se desencadena el huracán, el *Rey del Mar* va a bailar de un modo terrible. Yo crucé ya estos parajes y sé lo terribles que son cuando soplan los vientos del Sur y del Oeste.

—Se levantan olas verdaderamente monstruosas, ¿verdad, señor Yáñez?

—De quince metros, y, a veces, incluso alcanzan una altura de dieciocho metros; y su longitud es inconmensurable.

—Pero Mangalum no debe de estar muy lejos.

—Es preciso rodear la isla y alejarse de ella, mi querido señor Held. Mangalum no es más que un gran escollo, y las otras dos islitas que lo flanquean, dos puntas rocosas.

—En ese caso, la vida de sus habitantes será poco envidiable. Y, sin embargo, no parece que estén descontentos de su tierra, aunque se hallan prácticamente aislados del resto del mundo, pues lo único que ven, y sólo de cuando en cuando, es algún que otro barco que va a aprovisionarse de carbón.

—Y son tan pocos los buques que entran en la rada de Mangalum, que el depósito de combustible sólo se renueva cada dos o tres años.

—Dicen que es la colonia más pequeña que existe en el planeta.

—Es cierto, doctor. Su población no alcanza a las cien personas. El año pasado no eran más que noventa y nueve. Claro que hace años llegó a haber hasta ciento veinticinco.

—¿Y por qué disminuyó?

—Por culpa de un tremendo huracán que arrojó las olas que asolaron muchas casas y arrastraron a varios de sus habitantes.

—Y los sobrevivientes, ¿por qué no abandonaron la isla?

—Porque, a pesar de lo ingrata y poco segura que es aquella tierra, la quieren Por otra parte, en ningún otro lugar podrían gozar de la libertad de la que disfrutan en su isla. Aun cuando pertenecen a diferentes razas, pues los hay ingleses, norteamericanos, malayos, burgueses de Madagascar y chinos, todos viven en perfecta armonía y bajo un régimen de igualdad absoluta. Se puede decir que esos isleños han resuelto satisfactoriamente el famoso problema social, pues prac-

---

[25] La muy agitada por las olas, que alcanzan la altura de seis metros.

tican algo parecido al comunismo. Su jefe es el habitante más viejo de la isla, pero sus poderes son limitados. Todos trabajan para la comunidad, se instruyen unos a otros y no conocen el valor de la moneda, que para ellos es solamente una curiosidad. Hasta las mujeres, que son más numerosas que los hombres, se dedican a los trabajos masculinos, con el propósito de evitar el desequilibrio entre la producción y el consumo.

—¡Entonces, es una isla maravillosa! —exclamó el doctor.

—Considerándola desde cierto punto de vista, es admirable, claro —dijo Yáñez.

—¿Hace muchos años que está poblada?

—Desde 1810. Antes no había más habitantes que grandes bandadas de pájaros marinos. Un desertor inglés llamado Granvil fue el primero que arribó a esta isla, junto con un compañero suyo y un norteamericano. Como era más fuerte que sus compañeros, se proclamó a sí mismo rey de Mangalum y de los dos islotes vecinos. Sin embargo, el cargo que se había adjudicado no le sirvió para mucho, porque cuando, en 1818, el gobierno inglés envió un barco para que tomara posesión de la isla, solamente vivía el norteamericano. Éste poseía mucho oro, mercancía totalmente inútil entre aquellas rocas, y que, en cambio, en su patria le hubiera proporcionado grandes placeres. Pero, cuando le propusieron que regresase a Norteamérica, se negó terminantemente. Poco después, empezaron a desembarcar malayos, burgueses e ingleses. Y, en 1865, la población aumentó de golpe, pues un corsario norteamericano que había hecho cuarenta prisioneros durante la guerra de Secesión, los desembarcó en la isla. Aquel aumento inesperado hizo durísima la vida de los isleños, pues el buque corsario se olvidó de desembarcar, al mismo tiempo que los hombres, víveres. A pesar de ello, la colonia prosperó poco a poco, y continuó aumentado. Probablemente, en este momentos, el señor Griell, que es el actual gobernador de la isla, gobierna sobre más de un centenar de personas.

—¡Un reyecito!

—Rige bien su reino, sobre todo desde que recibió la visita de un almirante de la escuadra inglesa de la China, que lo invistió con el poder supremo por encargo de la reina de Inglaterra.

—¡Me gustaría haber visto los honores que le habrán rendido al almirante!

—No, señor Held; los honores los tuvo que hacer él, ofreciéndole a la colonia un banquete pantagruélico, que aún recuerdan con gran placer los glotones de la isla. Y al banquete lo siguieron muchos regalos, entre ellos: el de una bandera inglesa, que Griell conserva.

—Ardo en deseos de ver ese reino en miniatura. Supongo que nos recibirán bien —dijo el doctor.

—Lo dudo —respondió Yáñez—, porque a esos isleños no les interesa que disminuya su provisión de carbón, que ellos consumen en gran parte. Sin embargo, lograremos calmarlos, ya que tenemos argumentos muy persuasivos. Estamos en guerra y se la haremos, sin excepción alguna, a todos los súbditos ingleses.

8
La isla de Mangalum

Durante toda la noche, las olas golpearon los costados del buque con furia.

El viento había ido en aumento, aunque su violencia aún no era tanta como para dificultar la navegación de aquel poderoso barco, a pesar del enorme peso de su artillería gruesa y de las torres blindadas.

A la mañana siguiente, el tiempo tenía un aspecto más amenazador. Las olas se sucedían furiosas, con las crestas llenas de espuma, y producían un sordo fragor al romperse con estruendo contra el espolón del barco.

Al pasar por encima de la cresta de las olas, el viento levantaba verdaderas cortinas de agua, que recorrían el océano danzando de un modo desordenado, y que al chocar contra la arboladura y las torres del crucero, se deshacían en lluvia.

Grandes nubarrones cubrían el cielo, ocultaban la luz del sol y proyectaban una sombra tétrica sobre el mar.

Los pájaros marinos, verdaderas aves de los temporales, jugaban entre las olas, dejándose conducir por el viento, y saludaban a la tempestad con gritos ensordecedores.

Los albatros corrían al ras del agua y de repente se elevaban en vertiginosos círculos; los quiebrahuesos atravesaban las montañas de agua que rodaban por el océano. Y daban vueltas en el aire esas aves llamadas "fragatas".

Pero el *Rey del Mar* afrontaba admirablemente el huracán, remontando con facilidad las olas que lo asaltaban por la proa, y que rugían y bramaban a sus costados.

Sandokán y Yáñez le ordenaron a Horward que activase el fuego de las calderas, con intención de poder llegar a Mangalum antes de que el huracán se desencadenase, porque entonces sería peligrosísimo intentar el viaje.

Durante la tarde estalló la borrasca con verdadero furor. Y todavía no se divisaba el pico de la isla.

La prudencia aconsejaba internarse en el mar: de este modo, el crucero no se expondría al peligro de que el viento lo arrojase contra una roca.

—Esperaremos a que esto se calme para acercarnos a Mangalum —dijo Sandokán—. Todavía tenemos combustible para un par de días.

El *Rey del Mar* había puesto proa al Oeste, ya que en aquella dirección no había bancos ni escollos. El huracán lo golpeaba con inaudita violencia, y le hacía dar espantosas sacudidas.

Todo el mundo estaba en la cubierta, incluso Darma y sir Moreland.

Las olas, semejantes a montañas, se volcaban encima del crucero, con mugidos ensordecedores. Se oponían a su marcha y amenazaban con arrastrarlo muy lejos de la ruta que seguía.

—Es una borrasca terrible —le dijo sir Moreland a Darma—. Su barco tiene que luchar mucho para poder mantenerse.

—¿Qué? ¿Hay peligro de que nos hundamos? —preguntó la joven, sin que en su voz pudiera advertirse el menor indicio de miedo.

—Por ahora no, señorita. El *Rey del Mar* es un barco a prueba de escollos, y no puede deshacerlo ninguna ola.

—Pero ¡son gigantescas!

—Enormes, señorita. En estas regiones alcanzan una altura espantosa. Retírese; éste no es su sitio, señorita. Aquí se corre cada vez más peligro.

—Si los demás se quedan, ¿por qué voy a huir yo?

—Ellos son hombres de mar. Retírese, señorita, porque el crucero está a punto de virar. Las olas van a barrer la popa, y alguna podría llegar hasta la torre.

—¡Me da tanta pena no poder admirar este huracán en el apogeo de su cólera! ¡Ah! ¡Qué espectáculo! ¡Mire, sir Moreland, mire qué olas! ¡Parece que van a envolvernos y a arrastrarnos! ¡Espere un minuto más!

—¡Cuidado, señorita! ¡Las olas asaltan la popa! ¿Lo ve?

El *Rey del Mar*, que luchaba por alejarse mar adentro, se encontraba a menudo con la hélice fuera del agua, y parecía una cáscara de nuez. Saltaba sobre aquellas montañas líquidas dando tales bandazos, que hacían temer que perdiese estabilidad en el momento menos pensado; otras veces caía en el abismo, en el cual parecía que se hundía para siempre.

Los golpes de mar se sucedían sin tregua y barrían la toldilla, con gran riesgo para los marineros, a quienes arrojaban contra la obra muerta.

Yáñez y Sandokán miraban impasibles aquel furor de la naturaleza. Agarrados del pasamanos del puente, serenos, inmutables, daban las órdenes con voz tan tranquila como siempre. Tenían absoluta confianza en su barco, y no dudaban que iban a salir de la tormenta.

Además, habían adoptado todas las precauciones posibles para poder afrontarla. Redoblaron el personal de máquinas y el del timón, hicieron reforzar los cabos de las chalupas, atar la artillería ligera, asegurar la artillería pesada y cerrar todas las puerta y escotillas, para que no entrase ni una gota de agua.

El *Rey del Mar* sostuvo valerosamente durante toda la noche la ira del huracán, sin alejarse demasiado de los parajes de Mangalum. A la mañana del día siguiente, el viento se calmó, y el barco volvió a tomar su ruta inicial.

Sin embargo, el cielo seguía amenazador. Todo hacía temer que la tempestad se reanudaría más tarde.

—Apresurémonos, para aprovechar estos momentos de relativa calma —les dijo Sandokán a Yáñez y a Tremal-Naik—. Las carboneras están casi vacías y sería una imprudencia dejarse alcanzar por otro huracán con el fuego medio apagado.

Ya no debían de estar muy lejos de la isla, porque el *Rey del Mar*, sosteniéndose aguas adentro por temor de ser arrojado contra aquella tierra o contra las escolleras que la rodeaban, no se había acercado mucho a las costas del Oeste.

A eso de las diez de la mañana se descorrieron las masas de vapor que ocultaban el cielo, y una montaña se dibujó claramente en el horizonte.

—¿Es Mangalum? —le preguntó Tremal-Naik a Yáñez, que la miraba con el catalejo.

—Sí —respondió el portugués—. Apresuremos la marcha, y haremos rabiar a esos isleños y a su insignificante gobernador.

El *Rey del Mar* aumentó la velocidad de la marcha, consumiendo las últimas toneladas de carbón. La montaña iba agrandándose. Era una gran ondulación del terreno, cubierta por una vegetación muy espesa y verde. En su base, en un repliegue de la costa, se veía el pequeño puerto.

—Llegaremos en dos horas —le dijo Yáñez al hindú.

El portugués estaba en lo cierto; todavía no era mediodía cuando el *Rey del Mar* se encontró frente a la pequeña bahía, en cuya playa se veían grupos de cabañas y barcas.

—¡Arrojen el escandallo[26]! —gritó Sandokán—. A ver si tenemos agua suficiente para entrar.

Sambigliong, junto con varios marineros provistos de sondas, había ido a la proa para medir la profundidad de las aguas, mientras que el *Rey del Mar* moderaba rápidamente su velocidad.

Cuando vieron aparecer aquel enorme barco, los habitantes de la isla, en su mayoría pertenecientes a la raza blanca, se apresuraron a salir de sus cabañas y, creyendo que era una nave inglesa, corrieron a enarbolar la preciosa bandera que les había regalado el almirante del mar Amarillo.

Eran unos cincuenta, entre hombres, mujeres y niños. Estos últimos saltaban alegremente entre los montones de algas gigantescas que cubrían las orillas de la minúscula bahía, creyendo tal vez que iban a ser nuevamente obsequiados con otro banquete digno de Gargantúa[27], como el que les había ofrecido el almirante británico.

Después de haber recomendado a los timoneles que mantuvieran el *Rey del Mar* a lo largo de la playa, Sandokán ordenó echar al agua la chalupa de vapor y las dos balleneras mayores, pues las olas seguían siendo muy fuertes.

—Veo el carbón —dijo.

[26] Parte de la sonda que lleva en su base una cavidad rellena de grasa, y sirve para reconocer la calidad del fondo del agua, mediante las partículas u objetos que se sacan adheridos.
[27] Personaje de una obra de Rabelais, famoso por su increíble apetito.

—Y yo, los bueyes que pacen en los cercados —contestó el portugués.

—Me parece que la carrera que hicimos no será en vano —añadió el Tigre de la Malasia—. Por lo menos, aquí no habrá que temer que hagan resistencia.

En las chalupas había ya treinta malayos armados con fusiles y *kampilangs*[28]. El embarque había sido muy dificultoso, a causa del fuerte oleaje.

El *Rey del Mar* se colocó atravesado. Enseguida se echó una considerable cantidad de aceite bajo viento y contra viento, y lograron obtener así una calma relativa.

El agua se calmó en la parte comprendida entre el buque y la isla, y el desembarco pudo efectuarse con facilidad.

Por mandato de Yáñez, la chalupa de vapor remolcó las dos balleneras y se dirigió rápidamente hacia la playa, en la cual se abría una pequeña cuenca llena de algas, que daba paso a otra más amplia y completamente limpia.

La travesía se realizó en cinco minutos.

Yáñez, que asumió el mando de la expedición, fue el primero que desembarcó entre la minúscula población de isleños, y preguntó por el gobernador.

—Soy yo, señor —contestó un viejo que vestía un traje de tambor mayor del ejército inglés, por lo solemne de las circunstancias—. Soy muy feliz en ver y saludar a un capitán de Su Majestad, la reina de Inglaterra.

—Señor gobernador, la reina de Inglaterra no tiene nada que ver con nosotros —respondió el portugués, mientras sus hombres desembarcaban y cargaban sus fusiles—. Quiero decir que no soy representante del imperio británico.

—¿Qué dice usted, señor? —exclamó el viejo, inquieto.

—Según parece, usted no tiene noticias recientes de lo que ocurre en el mundo.

—Por aquí no viene más que algún que otro barco, y no han vuelto a dejarse ver los almirantes ingleses.

—Entonces, tengo el disgusto de informarle que nosotros estamos

---

[28] Arma larga filipina.

en guerra con Inglaterra. Y por esa razón debe considerarnos como a enemigos.

—¿Y vienen a conquistar la isla? —exclamó el gobernador, palideciendo—. ¿Quiénes son ustedes? ¿Holandeses, quizá?

—Nosotros somos los tigres de Mompracem.

—He oído hablar algo de ustedes.

—¡Mucho mejor! Pero puede tranquilizarse: no tenemos intención de destruirlo, y mucho menos de apoderarnos de su isla, señor Griell.

—Entonces, ¿qué desean? —preguntó, temblando, el gobernador.

—¿Es cierto que los ingleses tienen aquí un pequeño depósito de carbón?

—Sí, señor. Pero nosotros no podemos disponer de él; sólo puede hacerlo el Gobierno de Gran Bretaña. Por lo tanto, usted comprenderá que no puedo tocarlo, sin antes haber recibido una orden del Almirantazgo.

—Esa orden haré que se la den más tarde —respondió Yáñez—. Ese carbón, que usted no puede defender, es nuestro por derecho de guerra; y si quiere evitar daños, es necesario que dentro de una hora me traigan agua dulce y víveres. De lo contrario, pasado ese plazo, mis hombres destruirán las viviendas y las plantaciones.

—¡Señor! —exclamó el pobre gobernador—. ¡Protesto contra esa violencia!

—Debería protestar contra el Almirantazgo, que no pensó en enviar aquí una escuadra para defenderlos —dijo Yáñez, con voz seca—. ¡Vamos, aquí espero, reloj en mano!

—¡Es un acto de piratería!

—Llámelo quiera, porque a mí no me importa. ¡Que se retiren todos, o mis hombres harán fuego!

Esta amenaza, formulada en lengua inglesa, obtuvo un resultado inmediato. Los isleños, que ya miraban a los corsarios de costado, ante el temor de que, efectivamente, les dispararan, se dispersaron enseguida y fueron a refugiarse en sus viviendas.

El gobernador, por el prestigio de su dignidad, se retiró último, y llamó a consejo a tres o cuatro colonos ancianos, que debían de ser los personajes más influyentes y respetados de la isla.

Sin tomarse el trabajo de esperar las decisiones del gobernador, Yáñez se dirigió hacia el depósito de carbón, que se hallaba situado en el extremo de la bahía, bajo un gran cobertizo.

Habría acumuladas allí, por lo menos, seiscientas toneladas: una provisión nada despreciable. Pero su trasbordo iba a exigir mucho tiempo.

Regresaron a bordo dos chalupas, con objeto de conducir a tierra a otros ochenta hombres de refuerzo, y comenzó el acarreo, a pesar del pésimo estado del tiempo y de los furiosos aguaceros que se sucedían cada quince minutos.

Mientras los malayos y los dayacos trabajaban de un modo febril, Yáñez, que se había sentado bajo el cobertizo, contaba los minutos reloj en mano y con el cigarrillo entre los labios, resuelto a tomar una determinación violenta.

Reunió cerca de sí una docena de fusileros, que no esperaban más que una orden para irrumpir en las viviendas de los isleños y destruir sus plantaciones.

Pero no había transcurrido todavía la hora, cuando aparecieron algunos colonos conduciendo hacia la bahía unas cincuenta cabras y otras tantas ovejas. Eran animales de buen aspecto y hermosa raza, con los cuales se podrían hacer excelentes churrascos.

Los precedía el gobernador, acompañado por sus consejeros. El pobre hombre tenía un aspecto muy afligido; pero también manifestaba la cólera que lo invadía.

—Señor —dijo, acercándose a Yáñez—, cedo ante la fuerza. Pero presentaré mi queja al Almirantazgo.

En lugar de contestarle, el portugués sacó de su cartera un papel y se lo dio.

—¿Qué es esto? —preguntó, sorprendido, el gobernador.

—Es un cheque de quinientas libras esterlinas, que podrá cobrar o hacer que se lo cobren en Pontianak, donde residen nuestros banqueros. Esos animales pertenecen a sus súbditos, y se los pagamos. El carbón pertenece al gobierno inglés, y se lo arrebatamos. Ahora, déjenos tranquilos y no vuelva a ocuparse de nosotros.

—Hubiera preferido quedarme con mis animales, que nos son bastante más útiles que su dinero —respondió, irritado, el gobernador.

Probablemente, no eran sólo esas palabras las que hubiera querido decirle. Pero, al ver que los fusileros levantaban sus armas, se alejó prudentemente, seguido de sus consejeros.

Mientras tanto, desembarcaron más hombres con chalupas. Como entre el *Rey del Mar* y la playa las aguas estaban bastante tranquilas, pues la mole del buque se oponía al embate de las olas, la operación de cargar el combustible prosiguió con actividad febril.

Todos rivalizaban en apresuramiento. Mar afuera, las olas se encrespaban por momentos y se deshacían con rabia contra los escollos. El tiempo no tendía a aclarar ni mucho menos, y el embarque de aquella masa de combustible requería muchas horas de trabajo.

Montañas y más montañas de carbón fueron cayendo en la carbonera durante todo el día y buena parte de la noche. Al día siguiente, Tremal-Naik fue a relevar a Yáñez. El mar se había calmado un poco, aunque el tiempo seguía amenazador, y el portugués le propuso a sir Moreland hacer una excursión por una de las islitas que flanqueaban a Mangalum, con la idea de cazar pájaros marinos. Como Surama se hallaba indispuesta a causa de un mareo, le propuso a Darma que los acompañara, teniendo en cuenta que la joven era una gran cazadora.

Después de almorzar, el angloindio, el portugués y la muchacha, armados con escopetas, se embarcaron en una ballenera pequeña y se dirigieron a la islita del Oeste, un enorme escollo cuya cumbre alcanzaba una altura de setecientos u ochocientos pies, y que caía, como cortada a pico, sobre las aguas, por tres de sus vertientes.

En los salientes de las rocas se veía miles de pájaros revoloteando. La mayor parte de ellos eran albatros blancos y negros, que, a pesar de que viven juntos en los islotes desiertos, se hallan separados según el color de sus plumas. Sin embargo, no faltaban otras muchas clases de aves marinas, mucho más apreciadas desde el punto de vista culinario.

Yáñez dirigía la chalupa, y en menos de media hora arribaron a la base del escollo, en una playa de algunos centenares de metros.

Una vez atada la embarcación detrás de una línea de rocas que la resguardaba de las olas, Darma y los dos cazadores treparon por los costados del gran peñasco, y comenzaron a disparar sobre las espesas bandadas de pájaros. Éstos revoloteaban sobre sus cabezas en tal cantidad, que a veces llegaban a oscurecer la luz del sol.

Albatros blancos y negros, quiebrahuesos, gavieros y gaviotas caían por docenas en la playa. Las demás aves ni siquiera se tomaban el trabajo de abandonar las altas grietas en las cuales habían anidado.

La cacería se prolongó hasta cerca de la puesta del sol, con gran satisfacción por parte de sir Moreland, que también era un magnífico tirador. Pero como estaba la mar gruesa y se había levantado un viento muy fuerte, decidieron emprender la vuelta rápidamente.

Estaban a punto de embarcarse, cuando oyeron la sirena del crucero que silbaba con insistencia.

—Nos llaman —dijo Yáñez—. Ya han terminado de cargar, y el *Rey del Mar* se prepara para marcharse.

Pero, de pronto, frunció el entrecejo, al ver que las olas se estrellaban en el escollo con una violencia terrible.

—¿Habremos cometido una imprudencia en tardar tanto? —se preguntó—. ¡Qué agitado está el mar!

—¡Apresurémonos, señor Yáñez! —dijo sir Moreland, mirando a Darma con inquietud.

—¡Me parece que va a costarnos trabajo llegar a bordo!

La sirena del crucero continuaba silbando, y se veía a los marineros que les hacían señales.

—Parece que nos indican que no salgamos a mar abierto —dijo Yáñez—. ¿Estará peor de lo que creíamos, del otro lado de las escolleras? ¡Bah! ¡Hagamos la prueba!

Agarró los remos y sacó la chalupa fuera de la minúscula ensenada. Pero apenas pasaron la línea de los escollos, una ola enorme, una verdadera montaña de agua, cayó sobre ellos, y por poco los hunde.

Casi en aquel mismo instante, vieron que el crucero, acometido por otra oleada más grande todavía, procedente del Sur, salía bruscamente empujado hacia la embocadura de la rada de Mangalum. El terrible golpe de mar debía de haber roto la cadena del ancla.

—¡Señor Yáñez! —gritó Darma, llena de espanto—. ¡El *Rey del Mar* huye!

Nuevas montañas de agua se agitaban con furor entre la isla y el crucero, al tiempo que la noche caía rápidamente.

—Volvamos, señor Yáñez —dijo sir Moreland—. El crucero fue arrastrado hacia afuera y...

No concluyó la frase. Una enorme ola se precipitó sobre la chalupa, la volcó y arrojó a todos al agua.

Rápido como el pensamiento, Yáñez se abalanzó al salvavidas que iba atado al banco de popa, y sujetó a Darma por un brazo.

Apenas terminó de pasar la ola, vio que también el angloindio se sostenía tomado del otro salvavidas de proa.

—¡Sir Moreland! —gritó—. ¡Ayúdeme!

Darma se le había escapado de entre las manos, pero el traje azul que vestía la joven volvió a aparecer a poca distancia de ambos. El portugués, que era un nadador formidable, se puso en un par de brazadas al lado de la muchacha, justo a tiempo de agarrar el vestido.

—¡Sir, ayúdeme! —repitió, con voz ahogada.

El capitán parecía haber recobrado de golpe todas sus fuerzas en aquel instante supremo.

Mientras con la mano izquierda apretaba el salvavidas, con el brazo derecho suspendió a la joven por el cuello y le levantó la cabeza.

—¡Señorita, agárrese bien! ¡Aquí estamos el señor Yáñez y yo! ¡La salvaremos!

Al sentirse agarrada y suspendida, Darma abrió los ojos. Estaba pálida, y su mirada expresaba un terror profundo.

Al ver el salvavidas que el angloindio empujaba hacia ella, se aferró a él con una gran energía.

—¡Usted, sir! —balbució.

—¡Y yo también, Darma! —dijo Yáñez—. ¡No te sueltes! ¡Cuidado! ¡Nos embiste otra ola!

—¡Una cuerda! —gritó el capitán—. ¡Ate el salvavidas!

—¡Mi cinturón! —contestó el portugués—. ¡Usted! ¡Tómelo usted! ¡Cuidado! ¡La ola!

Con una rapidez prodigiosa, el angloindio ató los dos anillos de corcho. Apenas había hecho el nudo, cuando les cayó encima una ola gigantesca.

Instintivamente, los dos hombres aferraron a la muchacha, y la sostuvieron con un brazo.

De pronto, se sintieron arrastrados; después, lanzados a lo alto, entre torbellinos de espuma que los cegaban; y, por último, precipitados en una espantosa sima que parecía no tener fondo.

—¡Señor Yáñez! ¡Sir Moreland! —gritó la joven—. ¿Adónde descendemos?

—¡Ánimo, señorita! —respondió el capitán—. ¡La tierra no está lejos y las olas nos empujan! ¡Ya vuelve a elevarnos otra ola!

—El islote se halla frente a nosotros y a menos de quinientos metros —dijo Yáñez—. Sir Moreland, ¿podrá resistir usted?

—Así lo espero —respondió el capitán.

—¿Y su herida?

—¡No se preocupe por ella! Está bien fajada y casi cerrada. ¡Otra ola!

Efectivamente, otra ola los tomó por debajo, los levantó casi hasta tocar las nubes, y volvió a precipitarlos con vertiginosa rapidez.

—¡Dios mío, qué golpes! —dijo Darma.

—¡No suelte el salvavidas! —dijo el capitán—. ¡Nuestra salvación depende de estos anillos de corcho!

—¿Se ve todavía el *Rey del Mar*?

—Desapareció, empujado por el huracán —contestó Yáñez—. Pero no te preocupes. Sandokán y Tremal-Naik no van a abandonarnos. ¡Aquí está el escollo! ¿No iremos a parar contra las rocas? Sir Moreland, no se deje arrastrar.

El capitán no contestó. Miraba hacia el enorme escollo, cuya cumbre aparecía cubierta de nubes tempestuosas.

De pronto, lanzó un grito de alegría.

—¡La calma, el aceite! —exclamó—. ¡Brahma[29] nos protege!

¿Se había vuelto loco el angloindio? No, sir Moreland había visto bien.

Delante de ellos, se calmaban las olas repentinamente.

Durante el embarque del carbón, Sandokán había mandado derramar alrededor del buque algunos barriles de aceite, para tranquilizar las aguas de modo que pudiesen abordar las chalupas cargadas de combustible.

Ese aceite, empujado por alguna corriente, se había acumulado delante del terrible escollo, y había formado una zona brillante de varios kilómetros de longitud y de bastante anchura.

Es bien conocida la propiedad milagrosa que tienen las materias grasas para apaciguar las olas enfurecidas. Con algunos barriles suele bastar para obtener una calma relativa en torno del barco, pues el aceite tiende a extenderse mucho. El que la tripulación del *Rey del Mar* había derramado en aquellas catorce o quince horas fue suficiente para establecer una relativa calma entre las tres islas.

—¡Sí, el aceite! —contestó Yáñez—. ¡Otra ola, y llegaremos a la zona pacífica!

Una nueva ola llegaba rugiendo y bramando. Tenía una altura de unos quince metros, por lo menos, y su cresta estaba llena de espuma. Su longitud era de varias millas.

---

[29] Dios supremo de los hindúes, creador del universo.

Tomó a los náufragos, los elevó hasta la cumbre, y enseguida los arrojó hacia delante. Pero apenas penetró en la zona aceitosa, perdió de repente su ímpetu y se deslizó bajo el aceite. Como por arte de magia, se transformó en una larga ondulación, privada de toda violencia.

—¡Estamos a salvo! —gritó el portugués—. ¡Sir Moreland, un esfuerzo más, y llegaremos al islote!

El angloindio lo miró sin abrir la boca. Estaba muy pálido, y de sus labios salía un ronco silbido.

Probablemente había vuelto a abrírsele la herida recién cerrada, debido a los esfuerzos incesantes que había llevado a cabo, y debido también a su prolongada estancia en el agua. Era evidente que sus fuerzas se agotaban.

—¡Sir! —dijo Darma, que se dio cuenta inmediatamente de lo que sucedía—. ¡Usted está enfermo!

—¡No es nada! La herida... —contestó el capitán, con voz apagada—. ¡Bah! ¡Resistiré cerca de usted señorita! ¡La tierra está allí!

Las oleadas siguientes los empujaron con suavidad hacia el escollo, cuya imponente mole se alzaba a corta distancia.

Si el océano estaba más o menos tranquilo en el espacio adonde había llegado el aceite, más allá estaba hecho una furia.

Las olas se sucedían con un fragor espantoso, y sobre los náufragos rugía el viento con rabia sin igual, en competencia con los truenos que retumbaban por todo el ámbito.

Los náufragos ya estaban casi a cubierto de los furores de la tormenta, y se dirigían siempre hacia el centro de la mancha de aceite, abriéndose paso por entre enormes aglomeraciones de algas.

—¡Salgamos pronto de aquí, sir Moreland! —dijo Yáñez, que nadaba con fuerza, remolcando los dos salvavidas—. ¡Estas aguas saturadas de aceite van a dejar nuestras ropas en un estado lastimoso! ¡Parecemos balleneros o cazadores de focas!

—¡Sí, apresurémonos! —contestó Darma—. ¡Sir Moreland ya no puede más!

—¡Cierto, no puedo negarlo! —respondió el angloindio, que se movía fatigosamente.

—Otro menos robusto y menos enérgico que usted se hubiera ido al fondo —dijo Yáñez.

—¡Ah! ¡Siento las algas bajo mis pies! ¡Dejémonos llevar por las olas!

La buena suerte los había empujado hacia la misma playa donde habían estado cazando por la tarde.

Algunos montones de hierbas marinas asomaban por entre las hendiduras de las rocas. Más arriba no había nada: las peñas, de color negruzco, estaban desnudas por completo, y parecían cubiertas por torrentes de brea.

Los tres náufragos fueron a caer dulcemente en la tierra arenosa, empujados por la última ola. Ya era tiempo: sir Moreland estaba a punto de soltarse.

Yáñez ayudó a Darma a subir a la playa, pues el angloindio apenas tenía fuerzas para moverse.

—¡Los salvavidas! —balbució sir Moreland.

—¡Ah, sí! ¡Es cierto! —repuso Yáñez—. ¡Son demasiado útiles para dejar que se pierdan!

Volvió a descender a la playa y los sacó a la arena.

—¿Cómo se siente, sir Moreland? —preguntó Darma, con preocupación.

—Un poco débil, señorita. Pero se me pasará. Afortunadamente, la herida no volvió a abrirse.

—Busquemos un lugar donde resguardarnos —dijo Yáñez—. Con este huracán, que cada vez se hace más violento, el *Rey del Mar* no podrá volver enseguida.

—¿Correrá algún peligro, señor Yáñez?

—No lo creo, Darma. Resistirá maravillosamente esta segunda prueba. Por suerte, ha completado a tiempo su provisión de combustible.

—¿De modo que nos veremos obligados a pasar la noche aquí? —dijo Darma.

—Nadie vendrá a molestarnos. En estas rocas no hay panteras negras. Refugiémonos en este saliente, y esperemos a que amanezca.

El portugués tomó un montón de algas y se dirigió hacia una roca cuya cima ofrecía un refugio bastante grande para que los tres náufragos se resguardaran.

Sir Moreland y Darma lo siguieron, llevando cada uno, a su vez, otro montón de algas, para tener un asiento menos duro que el que podía proporcionarles el áspero peñasco.

9
La traición de los colonos

Durante toda la noche el huracán siguió rugiendo con increíble violencia, acompañado de una lluvia torrencial que parecía un verdadero diluvio. El agua, corriendo a lo largo de los flancos del gigantesco escollo, se precipitaba en la playa en forma de pequeñas cascadas, y empapaba a los tres náufragos.

Los truenos eran ensordecedores: retumbaban entre las nubes tempestuosas, y en lo alto de la cumbre del islote se oía rugir el viento con un desacostumbrado furor.

La zona del mar comprendida entre las tres islas estaba espantosamente embravecida. Montañas de agua se volcaban incesantemente sobre la playa, rugiendo en torno de la escollera, saltando, cabalgando unas sobre otras. La espuma, impulsada por las ráfagas de viento, llegaba hasta debajo de la peña donde se habían refugiado los tres náufragos; y eso le ocasionaba un gran disgusto a Darma.

—¡Qué noche más espantosa! —decía la joven—. ¿Qué le habrá sucedido a nuestro barco? ¿Podrá el señor Sandokán hacer frente a la tempestad? ¿Qué opina, sir Moreland, usted que también es marino?

—Que el barco no corre peligro —contestó el angloindio—. Habrá sido empujado bastante lejos, probablemente, y el Tigre de la Malasia debe de estar tratando de huir del huracán. Ésta es la región de las tempestades.

—Entonces, ¿no sabemos cuándo podré volver a ver a mi padre?

—En estos lugares, los huracanes son muy violentos, pero no duran mucho tiempo —dijo Yáñez—. Sin embargo, los hay tan furiosos, tan enormes, que muchas veces, ni siquiera los barcos de vapor pueden resistirlos. Después de todo, aquí no se está muy mal. He pasado noches peores. ¡Lo más triste es que mis cigarros se arruinaron! ¡Bah, ya me desquitaré de este ayuno!

—Señor Yáñez —dijo el angloindio—, ¿nos habrán visto llegar los isleños?

—Es probable.

—¿No se le ocurrió que pueden venir a hacernos prisioneros para vengarse de nosotros, por el carbón que les sacamos?

—¡Por Júpiter! —exclamó el portugués—. ¡Usted me hace preocupar, sir Moreland! También podría usted llamarlos, en calidad de súbdito inglés, y ordenar que me detuviesen. Estaría usted en su derecho, siendo, como es, enemigo nuestro.

El angloindio lo miró sin responder, y al fin dijo, secamente:

—Yo no haré eso, señor Yáñez. Por hoy debo estarle reconocido, lo que me pesa bastante, pero no por ello voy a olvidarlo.

—Otro que no fuese como usted no desperdiciaría una ocasión como ésta.

—La ocasión no sería muy oportuna, porque el *Rey del Mar* no tardaría en venir a libertarlo y a tomar una dura venganza.

—¡No lo dudo! —respondió, riendo, el portugués—. En fin, dejemos esta conversación y procure descansar. Está usted más fatigado que yo, y la noche va a ser larga.

Efectivamente, Darma y el angloindio tenían gran necesidad de reposo. Y, a pesar de los rugidos del mar y de los estampidos de los truenos, no tardaron en caer rendidos sobre las algas.

Yáñez, que era de contextura más robusta y estaba más acostumbrado a las vigilias, permaneció de guardia.

De cuando en cuando se levantaba y, sin hacer caso del diluvio y de las oleadas de espuma que se arrojaban sobre la roca, descendía hasta la playa para mirar el mar.

Esperaba que, de un momento a otro, vería brillar entre las tinieblas los faroles del crucero. Pero su esperanza se desvanecía siempre. Entre aquel caos de agua rugiente no aparecía ningún punto luminoso.

Cuando los relámpagos no iluminaban el horizonte, aquella masa líquida parecía negra, como si los torrentes que caían de las nubes fuesen de alquitrán.

Cuando el amanecer ya estaba cerca, la tempestad comenzó a ceder un poco, alejándose hacia el Este, es decir, en la dirección seguida por el crucero. El viento había amainado, aunque seguía oyéndoselo bramar en la cumbre de aquel gigantesco escollo. También las olas comenzaban a decrecer, y ya no rompían en las rocas con la furia con que lo habían hecho durante la noche.

Yánez, suponiendo que Darma y el angloindio seguían durmiendo, salió del refugio en busca de algo para desayunar.

"Nos contentaremos con huevos de pájaros marinos —pensó—. Después de todo, no son tan malos como se cree."

En una especie de plataforma que se extendía a unos cuarenta metros de altura, había visto algunos nidos de pájaros. El portugués comenzó a trepar por las grietas y los sobresalientes que hacían accesible el colosal escollo por aquel lado, al menos hasta cierta altura.

Había ascendido unos quince metros, cuando de improviso llegaron hasta él unos gritos que parecían venir de lejos. Presa de una repentina inquietud, Yánez se volvió rápidamente, agarrándose con fuerza a la punta de una roca. Una larguísima chalupa tripulada por media docena de isleños entraba en aquel momento en la minúscula bahía.

—¡Por Júpiter! —exclamó, al tiempo que se dejaba caer roca abajo—. ¡Nos estropearon la salida! ¿Cuánto apostamos a que me hacen pagar el carbón, metiéndome una onza de plomo en la cabeza?

En cuanto estuvo abajo, se precipitó en el refugio, gritando:

—¡Arriba, sir Moreland!

—¿Ha llegado el *Rey del Mar*? —preguntaron a un tiempo el capitán y Darma.

—Lo que ha llegado es otra cosa muy distinta —respondió Yánez—, ¡son los isleños, que van a desembarcar!

—¿Nos vieron? —preguntó sir Moreland.

—Eso me temo, porque yo estaba hace un momento en lo alto de las rocas.

—¿Y dónde están? —preguntó Darma.

—Remontando la escollera. Pronto los veremos aquí.

—¿Nos harán prisioneros?

—Es probable —respondió el angloindio, en cuyos ojos brilló una luz extraña.

—Voy a espiarlos —dijo Yáñez, metiéndose entre las dunas.

—Sir Moreland —dijo Darma, en cuanto ambos se quedaron solos—, ¿se vengarán esos isleños del señor Yáñez?

—No lo dudo. Le harán pagar caro el carbón.

—Pero usted, que viste el uniforme británico, podrá salvarlo.

—¡Yo! —dijo el angloindio, como si le causara asombro lo que acababa de oír.

—¡Qué! ¿No se opondrá usted a que lo apresen?

Sir Moreland cruzó los brazos y se quedó mirando a Darma. Su frente se había nublado, su rostro tomó una expresión de dureza casi salvaje y en sus ojos brilló un fuego sombrío.

—¿No hará usted eso, sir Moreland? —repitió la muchacha—. ¡No se olvide de que ese hombre lo salvó de la muerte, y que lo trató, no como a un enemigo, sino como a un huésped!

El capitán continuaba callado. Parecía que en su corazón se desarrollaba un áspero combate, a juzgar por las diversas emociones que se reflejaban en su rostro.

—¡Es un enemigo! —dijo, finalmente, con voz apagada.

—¡Sir Moreland! ¡No me obligue a perderle el cariño que le tengo! Yo también le debo al señor Yáñez mi vida y la de mi padre.

El angloindio hizo un gesto que parecía una explosión de cólera, pero enseguida lo contuvo.

—¡Muy bien! —dijo—. ¡De ese modo, no tendré que agradecerle nada!

Luego salió del refugio y, lleno de una airada agitación, iba murmurando con acento lúgubre:

—¡Algún día lograré encontrarme con él frente a frente!

En ese momento desembarcaban los hombres de la chalupa. Eran todos blancos e iban armados con fusiles. Entre ellos figuraba uno de los consejeros del gobernador.

Uno de los isleños, que debía de haber visto a Yáñez, ascendió por la duna detrás de la cual trataba de ocultarse el portugués, y gritó con voz amenazadora:

—¡Es inútil que te escondas, corsario! ¡Sal de ahí!

El portugués no se hizo repetir la invitación, y se levantó, diciendo con aire de burla:

—¡Buenos días, su señoría! ¡Muchas gracias por esta visita tan matutina!

—¡Tienes un descaro sin límites, ladrón! —dijo el isleño—. ¿No eres tú uno de los que se llevaron nuestro carbón?

—¡Un ladrón! ¡Un ladrón de carbón! —exclamó el portugués—. ¿Qué quieres decir? ¡No te entiendo!

—¿No formabas parte de la tripulación de aquel barco pirata?

—¿Qué piratas? Yo soy un náufrago, y no he robado nunca nada a nadie. Soy un hombre honrado, un caballero.

—¡No, usted debe de ser uno de aquellos ladrones!

Una voz que parecía muy indignada se dejó oír en aquel momento desde detrás de la duna. Era sir Moreland, que llegaba casi corriendo.

—¿Usted nos llama "ladrones" a nosotros? —gritó—. ¿Quién es usted para atreverse a ofender a un capitán de la marina angloindia y del rajá de Sarawak?

Cuando el isleño vio aparecer a aquel nuevo personaje que vestía el uniforme de comandante, aun cuando se hallaba en un estado muy deplorable, se quedó mudo.

—¿Qué quiere usted? ¿Por qué nos amenaza? —preguntó el angloindio, simulando una gran indignación.

—¡Un capitán inglés! —exclamó, por fin, el isleño—. ¿En qué lío nos metimos?

Hizo bocina con las manos, y volviéndose hacia la playa, gritó:

—¡Eh! ¡Compañeros! ¡Vengan!

Otros cinco hombres, también armados con fusiles viejos de los que se cargaban por la boca, corrieron hacia la duna en actitud amenazadora; pero, al ver a sir Moreland, bajaron enseguida las armas y se quitaron los sombreros.

—Capitán —interrogó el jefe—, ¿cuándo llegó usted?

—Anoche, junto con mi hermana y este compañero. Nos hemos librado de un naufragio espantoso —contestó sir Moreland.

—Los conduciremos a Mangalum, y allí tendrán ustedes hospitalidad. Además, no estarán mucho tiempo entre nosotros.

—¿Por qué? ¿Esperan pronto algún barco?

—Hemos visto un pequeño buque de guerra, que parece inglés,

del lado Norte de la isla. Pero el huracán que se desencadenó en cuanto se marcharon los piratas, seguro que lo empujó hacia alta mar.

—¿Cuándo lo vieron?

—Ayer, un poco antes de la puesta del sol. ¿Sería quizás el suyo?

—No, el mío se hundió a cuarenta millas de aquí, algunas horas antes de que apareciese el otro.

—¿Usted perseguía al corsario?

—Sí.

—¡Qué desgracia! ¡Si usted hubiera llegado primero, esos ladrones no se hubieran atrevido a molestarnos!

—Ya volveremos a perseguirlos.

—Pero, perdón, capitán: ¿usted dice que este hombre es amigo suyo?

—Y es cierto —contestó sir Moreland—. Se salvó junto conmigo y con mi hermana.

—Se parece a uno de aquellos ladrones.

—Este hombre es un honrado negociante de Labuán.

—¡Ah! —dijo el jefe de la chalupa.

Durante esta conversación, Darma se había acercado al grupo. Al verla, los isleños la saludaron cortésmente, y la ayudaron a embarcarse. Yáñez, que había permanecido impasible, se colocó a proa, y en vano intentaba encender un cigarro.

Sin embargo, aquella tranquilidad era sólo aparente, pues se encontraba muy preocupado por la inminente llegada de aquel pequeño barco de guerra avistado por los isleños.

"¡Se complica el asunto! —pensaba—. Este angloindio tomará el desquite, de eso no hay duda, y me conducirá en calidad de prisionero a ese barco, si no me sucede algo peor. ¡Además, estos isleños me miran con una cara! ¡Dudo mucho de que hayan creído la historieta de sir Moreland!"

A todo esto, la chalupa se había alejado de la playa. Cuatro hombres empuñaban los remos, el quinto se puso en la proa al lado de Yáñez, y el jefe tomó el timón.

Este último era un hermoso viejo, muy barbudo y bronceado. Yáñez lo reconoció como uno de los cuatro consejeros del gobernador.

Cada tanto, el isleño clavaba sobre él, con verdadera obstinación, sus ojos azules. Sin embargo, hasta entonces no había dado muestras de desconfianza, ni tampoco respecto a Darma. Por el contrario, le había ofrecido el puesto de honor en la popa, y le puso su chaqueta sobre los hombros.

Fuera de la ensenada, el mar estaba muy agitado todavía. Frecuentes olas levantaban la chalupa bruscamente, la sacudían de un modo brutal y la precipitaban de golpe en el vacío.

Sin embargo, los remeros, batallando con denodado esfuerzo, y sin desfallecer ante el ímpetu de la marejada, luchaban con los remos. Todos eran muy robustos, y estaban acostumbrados a aquellas tareas, casi diarias en sus islas, batidas por los vientos impetuosos del Sur.

Una vez fuera de las escolleras, izaron una pequeña vela triangular y, mejor equilibrada, la chalupa navegó con mucha velocidad hacia Mangalum, que ya no estaba muy lejos. Durante el viaje, los isleños no pronunciaron una sola palabra. Frecuentemente, el jefe miraba de soslayo a los tres supuestos náufragos, deteniendo los ojos de un modo especial en Yáñez.

La travesía se realizó con toda felicidad, aunque ya cerca de Mangalum arreció el ímpetu de las olas. Por fin, después del mediodía, la chalupa se detuvo en el extremo del pequeño puerto.

—Desciendan —dijo el jefe, ayudando a Darma—. Aquí estarán mejor que en las rocas del islote.

Pronunció estas palabras con un acento casi burlón, que a Yáñez no le pasó inadvertido.

—¡Este viejo taimado debe de haberme reconocido! —murmuró el portugués—. ¡Si el *Rey del Mar* no vuelve pronto, me parece que la aventura no va a terminar muy bien para mí, y, por su parte, sir Moreland se metió en un lindo lío!

El angloindio también se debía de haber dado cuenta de que había jugado una mala carta, porque parecía muy preocupado.

Los isleños sacaron la chalupa para que no pudiera arrastrarla la resaca, que se hacía sentir con gran violencia aun dentro de la pequeña ensenada. Se pusieron los fusiles al hombro, y acercándose rápidamente a los náufragos, los rodearon.

—¿Adónde nos conducen? —preguntó sir Moreland, que parecía cada vez más inquieto.

—A mi casa —respondió el jefe.

No había salido ningún isleño de las viviendas, que se escalonaban a lo largo del declive. Probablemente, no se habían percatado del regreso de la chalupa y preferían permanecer en el interior de sus cabañas, porque comenzaba a llover otra vez.

El jefe atravesó una especie de plaza y condujo a los náufragos a una casita de lindo aspecto, parte de ella construida con madera y parte con piedra. En lo alto del tejado, que terminaba en punta, flameaba una tela roja, resto, probablemente, de una bandera inglesa. Abrió la puerta de la casa e invitó a entrar al angloindio, a Darma y a Yáñez. Enseguida, mientras sus hombres armaban precipitadamente sus fusiles, se volvió hacia un viejo que estaba fumando en un ángulo de la habitación, cerca de una ventana, y le preguntó, señalando a Yáñez:

—Señor gobernador, ¿conoce usted a este hombre? Mírelo bien, y dígame si no es uno de los que robaron la provisión de carbón que nos confió el gobierno inglés.

—¡Ah, bribón! —exclamó, furioso, el portugués.

El viejo se levantó rápidamente.

—¡Sí, es uno de ellos! —gritó.

—¡Ahora no te nos escaparás, y haremos que te ahorquen los marineros ingleses en el mástil más alto de sus barcos! ¡Pirata!

—¿Yo, pirata? —exclamó Yáñez, levantando el puño.

Sir Moreland se interpuso rápidamente.

—Un capitán de Su Majestad la reina de Inglaterra no puede permitir que en su presencia se cometa violencia alguna. Señor gobernador, este hombre es un corsario, y no un pirata[30].

El viejo, que hasta entonces no se había dado cuenta de la presencia del angloindio, lo miró con estupor.

—¿Quién es usted? —preguntó.

—Vea el traje que llevo y las insignias de mi graduación.

—¿Ha llegado su barco?

—Mi barco se hundió frente a Mangalum, después de un combate terrible con el corsario.

—¿No pertenece usted al barco que hemos visto ayer a la tarde?

—No. Ayer fui llevado por las olas a las escolleras del islote.

---

[30] A diferencia de los piratas, los corsarios tenían patente de su nación para asaltar naves extranjeras

—¿En compañía de este hombre? —preguntó el gobernador, cuyo asombro iba en aumento.

—Sí, junto con él y con esta señorita, a quienes hemos salvado del huracán.

—¡Y usted, un capitán inglés, estaba en compañía de los corsarios! ¡Vaya, vaya! ¡Es usted un comediante muy hábil, pero yo no soy tan tonto como para creerme su cháchara!

—Primero nos contó que había naufragado —dijo uno de los isleños.

—Les aseguro por mi honor que soy James Moreland, capitán de la marina angloindia, ahora al servicio del rajá de Sarawak —dijo el joven comandante.

—Pruébelo, y entonces lo creeré.

—Ahora no puedo dar ninguna prueba, porque mi barco se hundió.

—¿Y este hombre? ¿Cómo se encuentra con usted, cuando hace dos días estaba con los piratas?

—Porque se salvó conmigo en una chalupa durante el abordaje, y mientras el buque corsario lo empujaba al océano, mi barco se hundía.

—Me parece que usted es el jefe de esos piratas, metido en la piel de un inglés.

—¡Viejo! —gritó Yáñez—. ¿Quiere terminar de llamarnos piratas? ¡Este señor es un capitán angloindio!

—¡Ustedes son piratas!

—¿Qué es lo que te he quitado?

—El carbón.

—¡No era tuyo, era del gobierno!

—¡Y los animales!

—¡Que te han sido pagados! —replicó Yáñez, perdiendo ya la calma—. Todavía tienes en el bolsillo, estoy seguro de ello, el cheque para cobrar en Pontianak. Y date cuenta de que hubiéramos podido llevarnos todos tus animales sin darte una sola libra esterlina.

—¿Y usted cree que por eso voy a dejarlos ir? —dijo el gobernador, con una sonrisa irónica—. El buque inglés no tardará en llegar. Entonces ya veremos cómo se las arreglan con su comandante. ¡Espero verlos bailar la última danza con una buena cuerda al cuello!

—¡Y yo le aseguro que, al menos en lo que a mí respecta, tendrás que pedirme mil perdones! —dijo sir Moreland, que también comenzaba a irritarse—. Y le advierto que, si tocan un solo cabello de esta señora o de este hombre, ¡palabra de James Moreland que mando bombardear esta aldea con los cañones ingleses!

—¡Bien, muy bien! —dijo el gobernador, riendo—. Pero hasta que eso suceda, ustedes serán nuestros prisioneros por derecho de guerra. ¡Ah, señores piratas, ustedes van a pagar el carbón que nos había confiado el gobierno inglés, y también los animales! ¡No se engaña así nomás a un hombre como yo!

—¡Ya lo veremos! —dijo sir Moreland—. Pero vaya a indicarle al barco de guerra, si todavía está a la vista, que tiene algo importante para comunicarle.

—¡Parece que tienen apuro para que los ahorquen! —respondió el gobernador—. ¡Haré lo posible por darles gusto!

Se volvió hacia sus súbditos, que habían asistido al diálogo, apoyados en sus fusiles, y les dijo:

—Se los confío. Tengan cuidado de que no se escapen. Esto nos hará ganar un premio y, además, el reconocimiento del gobierno inglés. Llévenlos al depósito, y cierren con llave. ¡Vamos! —dijo el jefe, empujando duramente a Yáñez hacia la puerta—. ¡Por ahora se termina la comedia!

El angloindio, el portugués y Darma se dejaron conducir sin oponer resistencia, pues sabían que sería absolutamente inútil e incluso peligroso, con aquellos hombres rudos y brutales. Atravesaron nuevamente la plaza, y los introdujeron en una maciza construcción de piedra que les servía de depósito a los colonos.

Era un cuadrilátero de unos cincuenta metros de longitud, casi vacío, pues no había en él más que montones de pescado seco y barriles que contenían, probablemente, aceite o grasa. El techo estaba sostenido por gruesos pilares de piedra.

—¿Tienen hambre? —preguntó el gobernador.

—No me desagradaría comer algo antes de que me ahorquen —dijo Yáñez, burlonamente.

—¡Hasta luego! Les advierto que, a la primera tentativa de fuga, haremos fuego sobre ustedes.

Y dicho esto, cerraron la puerta y la atrancaron desde afuera.

Sir Moreland, Yáñez y Darma —ésta menos asustada de lo que pudiera esperarse— se miraron casi sonriendo.

—¿Qué me dice de esta aventura, sir Moreland? —preguntó la joven.

—Que si es cierto que ese barco inglés está cruzando las aguas de la isla, la aventura concluirá pronto —respondió el capitán.

—Para usted, pero no para nosotros.

—¿Y por qué, señorita?

—En cuanto los suyos sepan que somos corsarios, ¿no nos ahorcarán?

—O por lo menos nos conducirán a Labuán para ser juzgados —dijo Yáñez—. Cosa que le agradaría bastante a aquel gobernador, que tiene antiguos rencores contra mí.

—Procuraré evitar que eso suceda —respondió el capitán—. Sería peligroso, especialmente para el señor De Gomera.

—Vamos a ponerlo a usted en un grave compromiso, sir Moreland —dijo Darma.

—No lo creo, señorita. ¿Quién me asegura que el comandante de ese barco no sea algún amigo mío? En ese caso, nos entenderíamos fácilmente. El señor De Gomera se ha portado conmigo como un caballero, y yo no seré menos que él.

—¿Ha olvidado usted la aventura nocturna de Redjang?

—Una astucia de guerra, señorita, por la cual no conservo rencor contra usted ni contra sus protectores.

—¡Usted es muy bueno, sir Moreland!

—No soy mejor ni peor que los demás. ¡Ah!

De pronto resonó un cañonazo que hizo temblar las paredes del depósito.

—¡Un barco de guerra! —exclamó el angloindio.

—¿Será el *Rey del Mar*, o el buque que esperan los isleños? —preguntó Yáñez.

—¡Pronto lo sabremos!

Ambos se lanzaron hacía la puerta, y la golpearon, gritando:

—¡Abran! ¡Queremos ver desembarcar a los ingleses!

—¡Silencio! —tronó una voz amenazadora—. ¡Si fuerzan la puerta, hago fuego!

10
El retorno del Rey del Mar

Después del cañonazo se oyeron unos clamores ensordecedores y varios disparos de fusil. Pero no eran gritos de guerra, sino de alegría, señal evidente de que no se trataba del *Rey del Mar*, sino de la nave inglesa.

Yáñez y sir Moreland intentaron trepar hasta el techo, donde había una especie de ventilación, pero tuvieron que desistir a causa de lo elevado de aquellos muros.

—¡Bah! —dijo el angloindio—. Será una espera de pocos minutos.

—¿Se tratará de un barco perteneciente a la flotilla de Labuán? —preguntó Yáñez.

—Supongo que sí. Parece que mis compatriotas han desembarcado: ¿no oye los hurras?

—Sí, es la población que los saluda.

—Dentro de poco, la comedia se transformará en farsa, con gran asombro por parte de ese estúpido gobernador, que se empeña en no creer que soy un capitán auténtico. Los gritos se acercan: mis compatriotas vienen a saludarnos.

—En cambio, los isleños suponen que vienen para ahorcarnos —dijo Darma.

—¡Son capaces de haber preparado las cuerdas! —dijo Yáñez, en broma.

Se escuchó un rumor muy cerca de la puerta. Un momento después, la traba que la sujetaba cayó al suelo, y un torrente de luz inundó el depósito. En el umbral apareció el gobernador, junto con un hombre todavía joven, de larga barba rubia y ojos azules, que vestía el uniforme de teniente de la marina. Detrás de ellos iba un pelotón de marineros armados con la bayoneta calada y rodeados por muchos isleños.

—¡Aquí están los piratas! —gritó el viejo, señalando a los prisioneros—. ¡Merecen la horca! ¡Apréselos!

El teniente, asombrado, en lugar de ordenar a los marineros que avanzasen, se precipitó hacia sir Moreland con los brazos abiertos y gritando:

—¡Comandante! ¿Es posible? ¡Usted todavía vivo! ¡Estoy soñando!

—¡No, mi querido Leyland! —exclamó sir Moreland—. ¡Soy yo mismo, en carne y hueso! ¡Venga ese abrazo, amigo mío!

Mientras el teniente y el capitán se precipitaban uno en brazos del otro, el gobernador, completamente aturdido por aquel inesperado golpe teatral, se rascaba furiosamente la cabeza repitiendo:

—¡Pero si es un aliado de los piratas! ¡Mírelo bien, señor teniente! ¡También pretende engañarlo a usted!

Sin hacer el menor caso de las protestas del viejo ni de los insultos y los gritos de asombro de los isleños, el teniente preguntó:

—¿Cómo es que se encuentra usted aquí, capitán, cuando todos lo creíamos sepultado con su barco? ¡Porque esto se halla a una gran distancia de Sarawak!

—¿No se lo han contado los marineros que dejó en libertad el corsario?

—Sí, pero nadie quiso creer lo que decían.

—Señor Leyland, ¿qué ha venido a buscar aquí?

—Al corsario.

—Ha llegado demasiado tarde y, además, le aconsejo que no se enfrente con ese buque. Se necesita bastante más que un crucero. ¿Quiere que le dé un consejo de amigo? Salga pronto de aquí y evite encontrarse con el *Rey del Mar* de los tigres de Mompracem. Vámonos a bordo, y allí se lo contaré todo. Pero antes permítame que le presente a dos amigos: la señorita Darma Praat y su hermano.

Al ver que el teniente tendía la mano al portugués, el gobernador saltó como una bengala:

—¡Es mentira! —gritó—. ¡Ése es el pirata que nos había robado! ¡Ahórquelo!

—¡Silencio, vieja comadreja! —dijo sir Moreland—. ¡Esos asuntos no le importan a usted! ¡El carbón no era de su propiedad!

—¿Y nuestros animales?

—Mande usted cobrar el cheque en Pontianak —dijo Yáñez, con ironía.

—Pero ¿qué historia es ésa, capitán? —preguntó el teniente.

—Más tarde le daré explicaciones —contestó sir Moreland—. Haga que sus marineros protejan a esta señorita y a su hermano.

—¡Ahórquelos! —bramaba el gobernador, enfurecido—. ¡Todos ellos son piratas!

—¡Silencio! —gritó, ya impaciente, el oficial—. Si estos señores son piratas, como usted afirma, ya los juzgará un consejo de guerra. ¡Marineros, a bordo enseguida!

—¡Señor teniente! —gritó el viejo.

—¡Basta! ¡Se los juzgarán! ¡Adelante, en línea cerrada!

Los marineros, que eran unos treinta, todos muy bien equipados, cerraron filas alrededor de sir Moreland, Yáñez y la muchacha, y descendieron hacia la playa, seguidos por el gobernador y el pueblo, que criticaban la conducta del teniente, creyendo que quería proteger a unos vulgares piratas.

En la ensenada había tres chalupas. Mar afuera se veía un hermoso crucero de pequeñas dimensiones, todo pintado de negro, que navegaba lentamente entre los dos promontorios.

El capitán, el teniente, Yáñez y Darma se embarcaron en la mayor de las chalupas, junto con diez marineros. Y el resto de los hombres, en las otras dos.

En pocos minutos recorrieron la distancia y abordaron por la escala de estribor, que había quedado tendida.

—Capitán —dijo el teniente, en cuanto sir Moreland puso pie en la cubierta y fue saludado por los estrepitosos hurras de la tripulación— pongo mi barco a su completa disposición.

—No deseo más que un camarote para mí y otro para cada uno de mis compañeros. Después que usted me haya oído dirá si se debe tratarlos como a prisioneros de guerra. Señorita Darma, y usted, señor De Gomera, espérenme un momento.

La embarcación volvió a emprender la marcha, y el capitán y el teniente descendieron a la cámara, donde sostuvieron una prolongada conversación.

Cuando regresaron, sir Moreland se veía sonriente, como si estuviera muy contento.

—Señorita, señor De Gomera —dijo, acercándose a ellos—, no irán ustedes a Labuán, porque el buque tiene que detenerse obligatoriamente en Sarawak.

—¿Y allí nos entregará al rajá? —preguntó Yáñez.

—Eso es todo lo que podemos hacer, aunque yo hubiera deseado otra cosa —replicó el capitán, dando un suspiro.

—¿Qué dice usted, sir Moreland? —preguntó Darma.

El angloindio movió la cabeza sin contestar. Ofreciendo el brazo a la joven, la condujo hacia la popa, y le dijo, presa de cierta agitación:

—¡Quisiera arrancarle una promesa, señorita!

—¿Cuál, sir Moreland? —preguntó Darma.

—¡Que no volverá a embarcarse en el *Rey del Mar*!

—¿Estoy prisionera?

—El rajá la pondrá en libertad enseguida.

—Es imposible, sir, allí está mi padre y estoy segura de que no abandonará el *Rey del Mar*. Su suerte está unida a la de los últimos piratas de Mompracem.

—Piense que cualquier día de estos me encontrará de nuevo frente al barco de Sandokán, y que, probablemente, tendré que hundirlo y matarlos a todos, incluso a usted, ¡yo, que daría por usted toda mi sangre! ¿Qué decide, señorita Darma?

—Dejemos que la suerte lo disponga todo, sir Moreland —contestó la joven.

—¡Y, sin embargo, usted me ama!

—Sí —murmuró la muchacha, con voz tan débil, que parecía un suspiro.

—¿Jura que no me olvidará?

—¡Se lo juro!

—Tengo confianza en nuestro destino, Darma.

—En cambio, yo temo que vaya a ser fatal para los dos. Nuestro cariño nació bajo el signo de una mala estrella, sir Moreland, lo presiento.

—¡No hable así, Darma!

—¿Qué quiere, sir Moreland? Veo nuestro porvenir muy oscuro. Me parece que no tardará mucho en producirse la catástrofe que nos amenaza. Esta guerra también será fatal para nosotros.

—Usted puede evitar ese riesgo, Darma, ese peligro que se esconde en los abismos del Atlántico.

—¿Cómo puedo evitarlo?

—Ya se lo he dicho: abandonando a su suerte al *Rey del Mar*.

—No, sir Moreland. Mientras ondee la bandera de los tigres de Mompracem, Darma, la protegida de Sandokán y de Yáñez, no abandonará su barco.

—¿No sabe usted que esa gente está condenada a morir? Los mejores y más poderosos barcos de la marina inglesa vendrán muy pronto a estos mares, y despedazarán al corsario. Huirá, vencerá tal vez en otra batalla; pero, tarde o temprano, sucumbirá bajo nuestra artillería.

—Ya se lo he dicho, y lo repito una vez más, nosotros sabremos morir como los valientes, al grito de "¡viva Mompracem!".

—¡Usted es bella y valiente como una verdadera heroína! —exclamó sir Moreland, mirándola con admiración—. ¡Ese río de sangre será fatal para todos!

Yáñez se acercó en aquel momento, precipitadamente.

—¡Sir Moreland! —exclamó—. Viene hacia nosotros un barco de vapor. Ya fue avistado por el comandante.

—¿Será el *Rey del Mar*? —exclamó Darma.

—Sospechan que es un barco de guerra. Mire: los marineros se preparan para combatir.

La frente de sir Moreland se oscureció, y sobre su rostro se extendió una intensa palidez.

—¡El *Rey del Mar*! —murmuró, con voz sorda—. ¡Viene a destrozar mi felicidad!

Se aproximó el teniente, que llevaba un catalejo en la mano.

—Sir James, si no me equivoco, se dirige hacia nosotros un buque de alto bordo.

—¿Será alguno de los nuestros? —preguntó el capitán.

—No, porque viene del Nordeste, y nuestra escuadrilla se dirigió hacia Sarawak, con la esperanza de encontrar al corsario en el camino.

Apareció en el horizonte un punto negro, coronado por dos grandes columnas de humo, que se agrandaba cada vez más. Al parecer, se dirigía a toda velocidad hacia el grupo de las islas de Mangalum.

Sir Moreland había enfocado el catalejo y miraba con gran atención. De pronto se le escapó de las manos aquel instrumento.

—¡El *Rey del Mar*! —exclamó con voz ronca, mientras miraba tristemente a Darma.

—¡Sandokán! —dijo Yáñez—. ¡Por esta vez, todavía no me ahorcarán!

—¿Es el corsario? —preguntó el teniente.

—¡Sí! —respondió sir Moreland.

—¡Le daremos batalla y lo hundiremos! —añadió el teniente.

—¡Qué! ¿Quiere usted irse a pique? Porque, si usted pelea, dentro de pocos minutos este barco y su tripulación estarán en el fondo del mar de la Sonda. Es preciso algo más que un crucero de tercera clase para hacer frente a ese buque: el más moderno, el más rápido y el más poderoso de todos los que existen.

—Sin embargo, yo no me dejo capturar sin combatir —contestó el teniente.

—Ni tampoco pretendo yo eso, amigo mío. Espero que podamos evitarlo, porque si no, las consecuencias serían desastrosas para nosotros.

—¿Y cómo lo vamos a hacer?

—Mande echar una chalupa al agua, y déjeme que vaya a parlamentar con el Tigre de la Malasia. Usted perderá los dos prisioneros, y yo perderé mucho más, se lo juro a usted, pero se salvarán este barco y sus tripulantes.

—A sus órdenes, sir James.

Mientras los marineros echaban al agua una ballenera, el *Rey del Mar*, que corría con una velocidad de doce nudos, se echaba encima del crucero.

Ya había apuntado los poderosos cañones de la torre de proa, y se preparaba a cubrir de balas y metralla a su minúsculo enemigo para hundirlo a la primera andanada.

El larguísimo gallardete[31] de combate había sido izado y ondeaba en el mástil de proa, al tiempo que en la popa se izaba la bandera roja de Mompracem, adornada con una cabeza de tigre.

---

[31] Tira o faja volante que va disminuyendo hasta rematar en punta, y se pone en lo alto de los mástiles de la embarcación, o en otra parte, como insignia, o para adorno, aviso o señal.

Al ver que el crucero inglés se detenía, que enarbolaba una bandera blanca y echaba al agua una chalupa, Sandokán ordenó que se detuvieran. Estaban a unos mil doscientos metros del enemigo.

—¡Parece que los ingleses no se sienten lo bastante fuertes como para pelear con nosotros! —dijo a Tremal-Naik, que se había reunido con él en la torre.

—¿Querrá rendirse? ¿Qué vamos a hacer con ese barco?

—Le sacaremos la artillería y las municiones, y además, el carbón —contestó Sandokán—. Podrían servir a nuestros amigos los dayacos de Sarawak.

Y, al cabo de unos instantes, añadió:

—Aunque me desagradaría perder el tiempo. Tenemos que ir en busca de Yáñez y de Darma.

—¿Crees que todavía los encontraremos en el escollo? —preguntó, lleno de angustia, Tremal-Naik.

—No lo dudo. Los he visto arribar antes de que la oscuridad envolviera aquel islote. ¡Oh! ¡Un capitán en la ballenera! ¿Vendrá a entregar su espada? ¡Hubiera preferido un combate, para dar rienda suelta a este afán de destruirlo todo!

—¿Es posible? —dijo en aquel momento Sambigliong, que había apuntado un catalejo hacia la chalupa—. ¡Tigre de la Malasia, o yo me equivoco, o es él realmente! ¡Mire! ¡Mire!

—¿Qué viste?

—¡Es él! ¡Le digo que es él!

—Pero, ¿quién?

—¡Sir Moreland!

—¿Moreland? —exclamó Sandokán, palideciendo, y a continuación enrojeció violentamente, mientras que un relámpago de esperanza iluminó sus ojos—. ¡Moreland a bordo de aquel buque! Entonces, Yáñez, Darma... ¿Cómo pueden encontrarse ahí? ¡Es imposible! Tú te equivocas, Sambigliong.

—¡No, señor! ¡Mírelo usted! ¡Nos ha visto, y nos saluda, agitando la gorra!

Sandokán se lanzó fuera de la torre, exhalando un grito de alegría.

—¡Sí! ¡Es él, sir Moreland!

La ballenera avanzaba rápidamente, impulsada por doce remeros.

El angloindio, de pie en la popa y sin abandonar el timón, seguía saludando.

—¡Abajo la escala! —gritó Sandokán.

Apenas había sido ejecutada la orden, cuando abordó la ballenera. Sir Moreland subió a bordo con rapidez, y dijo con cierta frialdad:

—Tengo mucho gusto de volver a verlos, señores, y de poder darles una noticia que me agradecerán bastante.

—¿Yáñez, Darma? —gritaron a un tiempo Sandokán y Tremal-Naik.

—Están a bordo de aquel barco.

—¿Y por qué no los ha traído? —preguntó Sandokán, arrugando el entrecejo.

El angloindio, que había adoptado un aire sumamente serio y que hablaba casi imperiosamente, contestó:

—Vengo para entablar negociaciones, señores.

—¿Qué quiere decir?

—Que el comandante de ese barco les entregará al señor Yáñez y a la señorita Darma, con la condición de que ustedes dejen tranquilo su buque, el cual, como pueden ver, no tiene fuerzas para enfrentarse al *Rey del Mar*.

Sandokán tuvo un momento de vacilación, y finalmente contestó:

—De acuerdo, sir Moreland. Ya sabré encontrarlo más adelante.

—Ordene que bajen la bandera de combate. De ese modo, el comandante comprenderá que usted ha aceptado su proposición, y enviará enseguida a los prisioneros.

Sandokán le hizo una seña a Sambigliong, y pocos momentos después el gallardete descendía sobre la cubierta. Casi en el mismo instante en que esto sucedía, salió del crucero una segunda chalupa: en ella iban Yáñez y Darma.

—Sir Moreland —dijo Sandokán—, ¿dónde los recogió ese buque?

—En Mangalum —respondió el angloindio, sin apartar los ojos de la chalupa, que se acercaba a gran velocidad.

—¿Se habían salvado ustedes en el escollo?

—Sí —contestó secamente el capitán, que parecía haber perdido su habitual cordialidad y hallarse inmerso en profundas cavilaciones.

Poco después llegaba la segunda chalupa. Yáñez y Darma subieron precipitadamente la escala, y cayeron el uno en brazos de Sandokán y la segunda en los de su padre.

Sir Moreland; muy pálido, miraba tristemente aquella escena. Cuando se separaron, se volvió hacia el Tigre de la Malasia, y le preguntó:

—Y ahora, ¿seguirá reteniéndome prisionero?

—No, sir Moreland, usted es completamente libre. Vuelva a bordo de ese buque —contestó Yáñez.

Sandokán no pudo ocultar un gesto de asombro. No creía, ni mucho menos, que fuese aquélla la contestación que se le debía dar al angloindio. Sin embargo, no dijo nada.

—Señores —dijo entonces el capitán, con voz grave y mirando fijamente a Sandokán y a Yáñez—, espero que volvamos a vemos pronto; pero, entonces, como enemigos encarnizados.

—Lo esperamos —respondió fríamente Sandokán.

Sir Moreland se aproximó a Darma y le tendió la mano, diciendo con voz triste:

—¡Que Brahma, Sivah y Visnú[32] la protejan, señorita!

La muchacha, profundamente conmovida, le estrechó la mano sin articular una sola palabra. Parecía tener un nudo en la garganta.

El angloindio fingió no ver las manos que le alargaban Yáñez, Sandokán y Tremal-Naik. En lugar de eso, hizo el saludo militar y descendió a toda prisa por la escala sin volver la vista atrás.

No obstante, cuando la chalupa que lo llevaba hacia el crucero pasó por delante de la proa del *Rey del Mar*, levantó la cabeza y, al ver a Darma y a Surama en el castillo, las saludó con el pañuelo.

—Yáñez —dijo Sandokán, llevándose a un lado al portugués—, ¿por qué lo has dejado marchar? ¡Podía habernos sido muy útil como prisionero!

—Y un grave peligro para Darma —respondió Yáñez—. ¡Se aman!

—¡Me lo imaginaba! Es un hermoso y valiente joven. Como Darma, también tiene sangre angloindia en sus venas. Quizá después de la contienda...

Se quedó unos instantes como abstraído en un profundo pensamiento y luego añadió:

—Debemos comenzar ya las hostilidades; vamos hacia las líneas ordinarias de navegación y, mientras la escuadra nos sigue buscando en las aguas de Sarawak, procuraremos causar a nuestros adversarios los mayores daños posibles.

---

[32] Los tres dioses supremos del hinduismo.

11
La travesía del Rey del Mar

Cuarenta y ocho horas más tarde, el *Rey del Mar* —que había reemprendido su ruta rumbo al Oeste, para esperar a los barcos que venían de la India, de las grandes islas de Java y de Sumatra, y que se dirigían directamente por los mares de la China y del Japón— avistó una columna de humo a unas quinientas millas de distancia del grupo de las Burguram.

—¡Barco de vapor! —exclamó Kammamuri, que estaba de guardia.

Sandokán, que en aquel momento comía con sus amigos y con el jefe de máquinas, se apresuró a subir al puente, al tiempo que ordenaba:

—¡Reaviven el fuego! ¡Los artilleros, a los cañones de las torres!

Toda la tripulación subió a la cubierta, sin excluir la guardia de franco, porque nadie sabía con qué clase de barco iba a tener que vérselas el *Rey del Mar*.

Como el crucero se encontraba todavía a muy poca distancia de las islas de Borneo, podía darse el caso de que se topara de improviso y a boca de jarro con algún buque de guerra que se encaminaba hacia Labuán o hacia Sarawak.

El Tigre de la Malasia escudriñaba el océano utilizando un catalejo de gran alcance. Por el momento, no se veía más que una columna de humo que se destacaba en el horizonte; pero el barco no debía de tardar en aparecer, pues el *Rey del Mar* iba a su encuentro con una velocidad de doce nudos.

—¿Qué es, Sandokán? —preguntó Tremal-Naik, que se le había acercado.

—¡Un poco de paciencia, amigo mío! —contestó el pirata.

—¿Y si ese barco no es inglés?

—Lo saludamos y lo dejamos ir, porque no vamos a entrar en guerra con todo el mundo.

—¿Lo ves?

—Ahora comienzo a distinguirlo, y me parece que es un vapor mercante, porque no veo el gallardete rojo de los buques de guerra. Ya se destaca en el horizonte la arboladura. Bastará disparar un cañonazo sin bala para detenerlo. Ordena que Sambigliong disponga cuatro chalupas con algunas ametralladoras, y que se armen sesenta hombres.

—¿Lo abordaremos? —preguntó Kammamuri.

—Si es inglés, como supongo, sí. Nuestra travesía empieza mejor de lo que esperábamos, teniendo en cuenta que hace pocos días que iniciamos las hostilidades.

La distancia se acortaba rápidamente, pues el *Rey del Mar* aumentaba la velocidad, con objeto de estar en condiciones de impedirle la fuga al vapor, que parecía de muy buena marcha.

Los vigías reconocieron la bandera desplegada en el asta de popa, y la noticia fue saludada con un grito de júbilo.

—¡No me había equivocado! —dijo Sandokán—. ¡Ese barco es inglés!

Inspeccionó rápidamente las chalupas, que ya habían bajado hasta las portas, y los sesenta hombres que debían ocuparlas. Inmediatamente dio la orden de dirigirse sobre el vapor, de modo de cortarle el camino.

Aquel barco, probablemente, procedía de los puertos de la India. Era un gran vapor de más de dos mil toneladas, con dos mástiles y dos chimeneas. Sobre la toldilla había una multitud de gente que se agolpaba en la obra muerta, atraída por la presencia de aquel buque de guerra que se dirigía hacia ellos con tanta velocidad.

En cuanto estuvieron a unos mil metros de distancia, Sandokán mandó desplegar su bandera y disparar un cañonazo sin bala, lo cual significaba: "¡Deténganse!". Al oír aquella intimidación inesperada, se produjo una gran confusión a bordo del vapor. Los marinos y los pasajeros corrieron hacia la proa, y sus gritos llegaban claramente hasta el buque corsario.

La vista de aquella bandera, tan conocida en los mares de la Malasia, debió de producir en todos una gran impresión. Y mucho más porque el *Rey del Mar* continuaba avanzando como si quisiera atravesar al pobre barco.

Durante algunos minutos se vio que el buque viraba unas veces hacia babor, otras hacia estribor, como si dudara acerca del camino que debía emprender. Pero una bala, disparada por una de las piezas de caza, pasó silbando sobre la toldilla y los decidió a detenerse.

—¡Máquinas atrás! —ordenó Sandokán—. ¡Al agua las chalupas, y a sus puestos los hombres de desembarco! ¡Tú, Yáñez, encárgate del mando!

El portugués se ciñó el sable que le había llevado Sambigliong, se puso en el cinto las pistolas, y descendió en la chalupa más grande, tomando asiento junto a Tremal-Naik.

El vapor se había detenido a ochocientos metros de distancia, considerando inútil toda resistencia contra aquella nave que podía hundirlo con una sola descarga. Los pasajeros, agolpados en la toldilla, proferían gritos ensordecedores, creyendo que había llegado su última hora.

Las cuatro chalupas, tripuladas por los sesenta hombres, armados con carabinas y *kampilangs*, se pusieron rápidamente en marcha en dirección al vapor, mientras que los artilleros del *Rey del Mar* apuntaban dos piezas de las torres de babor, dispuestos a hacer fuego al menor indicio de resistencia por parte de los ingleses.

Cuando las chalupas estuvieron cerca del vapor, a una distancia de trescientos pasos, Yáñez ordenó a los marinos ingleses que bajasen la escala, amenazando con hacer fuego si no obedecían. A bordo hubo unos momentos de confusión y de duda. Aparecieron algunos marineros armados de fusiles, como si tuviesen intención de oponer resistencia. Pero los furiosos gritos de los pasajeros, que no querían —como es de suponer— exponerse al peligro de que la formidable artillería del corsario los hundiese, los obligaron a retirarse, y la escala descendió de un solo golpe.

Yáñez, seguido de Tremal-Naik, Kammamuri y doce hombres, se lanzó, hacia la plataforma, desenvainando su sable inmediatamente. El capitán del barco lo esperaba rodeado de sus oficiales, mientras que los pasajeros, que serían aproximadamente unos cincuenta, se agolpaban detrás, mudos y aterrorizados.

El capitán era un hombre arrogante, alto, de rostro enérgico y bronceado por el sol de los trópicos, con el pelo negro y la barba rizada. En fin, un soberbio ejemplar de marino.

Al ver aparecer a Yáñez con el sable desenvainado, palideció, y enseguida arrugó el entrecejo.

—¿A qué debo el honor de esta visita? —preguntó, con una voz que le temblaba por la ira.

—¿Ha visto los colores de nuestra bandera? —preguntó a su vez el portugués, tras hacer un gesto irónico de saludo.

—Sé que los piratas de Mompracem tenían en otro tiempo un estandarte rojo con una cabeza de tigre.

—Entonces me permitirá que le informe que esos piratas le han declarado la guerra a su nación y al rajá de Sarawak.

—Me habían asegurado que ya no hacían esto.

—Y es verdad, señor mío; pero su gobierno provocó a los tigres de Mompracem, y éstos han vuelto a tomar las armas.

—En conclusión, ¿qué es lo que quieren?

—Concederles veinte minutos para que puedan embarcarse en las chalupas, y hundir este barco.

—¡Eso es un acto de piratería!

—Llámelo como le guste, eso no me importa —respondió Yáñez—. ¡Si no obedecen, se ahogan! ¡Ustedes eligen!

—Concédame unos minutos para que pueda consultar con mis oficiales.

—No le concedo más que veinte. Una vez hayan transcurrido, nos retiraremos y el barco abrirá fuego, estén ustedes a bordo o no. Apresúrense, porque tenemos prisa.

El capitán, que hacía grandes esfuerzos por dominarse, llamó a consejo a sus subordinados. Casi enseguida dio órdenes para echar las chalupas al mar, y mandó descender, primero, a los pasajeros.

—Cedo a la fuerza, porque no puedo oponer resistencia —le dijo a Yáñez—. Pero no bien hayamos llegado a Natuna o a Banguram, informaré por telegrama al gobernador de Singapur.

—Nadie se lo impedirá —contestó Yáñez—. Mientras tanto, debo hacerle observar que ya pasaron diez minutos y que permito que los pasajeros y la tripulación se lleven consigo todo lo que posean.

Los marineros ya habían echado al agua todas las lanchas, después de haberlas provisto de víveres para varios días, remos y velas. El capitán dio la orden de embarco. Hicieron bajar primero a las mujeres y después a los demás pasajeros. Los últimos en embarcarse fueron los oficiales, que llevaban los papeles de a bordo y la caja.

—¡Inglaterra vengará este acto de piratería! —dijo el capitán del vapor, muy conmovido.

Yáñez saludó sin replicar.

En cuanto el barco quedó desierto, los malayos subieron a bordo, mientras que las chalupas de vapor del *Rey del Mar* se acercaban rápidamente. Abrieron las carboneras con objeto de sacar el combustible: era muy escaso, porque el vapor debía hacer escala en Saigón para renovar sus provisiones. Y comenzó a toda prisa la faena.

Dos horas más tarde, los malayos abandonaban el buque. Todavía se veían las chalupas en las que iban la tripulación y los pasajeros.

—¡Dos cañonazos en la línea de flotación! —ordenó Sandokán.

Poco después, dos granadas hundían el costado de babor del buque. Abrieron dos enormes brechas, a través de las cuales entró el agua rápidamente. Al cabo de cuatro minutos, la nave desaparecía en los abismos del mar de la Sonda. Al estallar las calderas, se produjo una explosión tremenda. El *Rey del Mar* volvió a emprender la marcha, y se alejó hacia el Sudoeste.

A la mañana siguiente, un velero inglés sufrió la misma suerte que el vapor, después de haberle tomado una parte de su cargamento, que consistía en pescado seco que llevaban a los puertos de Hainán. Igual fin tuvieron otros buques de vapor y de vela, que fueron a hacerse compañía en los profundos abismos del océano.

El crucero avanzaba sin que nadie se lo estorbase, yendo desde las costas de Borneo hasta avistar la isla de Anaba, e interceptando en su camino a los barcos que procedían del estrecho de Malaca, de los mares de la China y del Japón.

Ya habían hundido treinta barcos, causando enormes pérdidas a las compañías navieras, cuando un prao bornés les avisó que había visto en aguas de Natuna una escuadra compuesta de varios buques de guerra. Probablemente, se trataba de la de Singapur, enviada para cañonear al buque corsario. Aquel mismo día se reunieron en consejo Sandokán, Yáñez, Tremal-Naik y el ingeniero Horward, y decidieron suspender el crucero y dirigirse a Sarawak en busca del *Mariana*, que debía de estar esperándolos en la boca del Sedán.

Además, sus amigos y antiguos aliados, los dayacos, debían de haber comenzado ya a invadir el sultanato. Por lo tanto, aquél era el momento preciso para atacar por mar al rajá y hacerle pagar cara su cooperación en la conquista de Mompracem.

En vista de esta decisión, el *Rey del Mar*, que tenía llenas las carboneras, puso rumbo hacia el Sudeste, pues Sandokán quería cerciorarse antes de si los ingleses seguían todavía en su isla. Ordenó avanzar a máxima velocidad, y el crucero devoraba las millas. Durante cuarenta y ocho horas navegó hacia Borneo, sin tener un mal encuentro, a pesar de que todos estaban seguros de que por aquellos mares, y con objeto de sorprenderlos, patrullaba una gran escuadra.

Hacia la puesta del sol del segundo día, el *Rey del Mar* avistó Mompracem, el antiguo refugio de los tigres de la Malasia.

Sandokán y Yáñez, profundamente emocionados, volvieron a ver su isla, desde la cual, y con sólo sus praos, habían hecho temblar durante muchos años al poderoso leopardo inglés. Cuando se acercaron al cabo oriental, en que se abría una bahía pequeña, ya se había cerrado la noche hacía algunas horas. Pero la espléndida luz de la luna permitía distinguir la gran roca en que había ondeado orgullosamente, en otros tiempos, la terrible bandera del Tigre de la Malasia.

Ya no se veía la casa que había servido de refugio a los dos jefes piratas. En su lugar se alzaba un fortín, probablemente bien artillado, para impedir que los últimos tigres, errantes por el mar, intentasen la reconquista de su madriguera. En el fondo de la bahía se distinguían también confusamente obras de defensa, bastiones y altos recintos.

Apoyado en la baranda de popa, sin decir palabra, con los ojos turbados y ensombrecido el rostro, Sandokán miraba su antigua morada En la expresión de su semblante, se adivinaba que su corazón sangraba en aquellos momentos.

Yáñez, que estaba a su lado, le puso una mano en la espalda y le dijo:

—El día menos pensado la reconquistaremos, ¿verdad, Sandokán?

—¡Sí! —contestó el pirata, tendiendo el puño a la isla, de un modo amenazador—. ¡Sí! ¡Y ese día los arrojaremos a todos al mar, sin misericordia!

Volvió la mirada hacia el océano, que brillaba bajo los rayos de la luna.

—¡De nuevo vuelve a asaltarme un deseo furioso de destrucción! –dijo—. ¡Delante de mí veo sangre!

En ese instante, se oyeron unos gritos procedentes de la proa:

—¡Allí! ¡Allí! ¡Miren!

Sandokán y Yáñez se precipitaron hacia la amura de babor, al ver que los hombres de guardia se lanzaban a través de la toldilla.

—¡Faroles! —exclamó el portugués.

—¡La sangre que buscaba! —gritó Sandokán, en cuyo corazón parecían haberse despertado de golpe sus antiguos instintos de ferocidad.

Hacia el Este, y en dirección de la isla Romades, cuyas cumbres ya se divisaban, aparecieron seis puntos luminosos, verdes y rojos, y en lo alto, otros dos blancos.

—Son dos barcos de vapor —dijo Yáñez —. Y apuesto a que vienen de Labuán.

—¡Peor para ellos! —contestó Sandokán, tendiendo la mano hacia aquellas luces—. ¡Pagarán lo de Mompracem! ¡Da orden para que activen el fuego!

—¿Qué piensas hacer, Sandokán? —preguntó el portugués, impresionado por la luz siniestra que brillaba en los ojos de aquel hombre terrible.

—¡Hundir a esos barcos con toda la gente que llevan!

—Sandokán, no olvidemos que no somos piratas, sino corsarios. Además, todavía no sabemos si esos barcos son de guerra o mercantes, y si enarbolan o no la bandera inglesa.

En lugar de responder, el Tigre de la Malasia mandó apagar las luces, llamar a cubierta y dirigir el curso sobre los dos barcos.

A las once, el *Rey del Mar* viraba a unos quinientos metros de distancia de los dos vapores, los cuales, completamente ajenos al peligro que los amenazaba, navegaban a cuarto de máquina y muy cerca el uno del otro.

—Parecen dos transportes —dijo Yáñez—. ¡Escucha, Sandokán!

En los entrepuentes, que aparecían iluminados, estallaba un ruido de instrumentos musicales. Aprovechando aquella noche espléndida y la tranquilidad del océano, los soldados se divertían. El viento, que soplaba desde el Norte, llevaba aquellos sonidos hasta el *Rey del Mar*.

—Son soldados ingleses de Labuán, que regresan a la patria —dijo Yáñez—. ¿Oyes, Sandokán? Esas canciones las hemos oído también en las campamentos ingleses de la India, durante el sitio de Delhi.

—¡Sí, soldados! —repuso el Tigre de la Malasia con acento extraño—. ¡Bien! ¡Saludan a la lejana patria, pero va a caer la muerte sobre ellos!

—¡No hables así, amigo!

—Pero, ¿no te das cuenta de que esos hombres me han arrojado de la isla, después de haber hecho una matanza entre mis valientes?

Se había erguido completamente. Tenía el rostro inflamado por una terrible cólera, y sus ojos llameaban. El antiguo pirata, el temerario Tigre de la Malasia, que durante tantos años había ensangrentado las aguas de aquellos mares, volvía a despertarse.

—¡Sí, ríanse, canten, bailen! ¡Ésas son danzas fúnebres! ¡Mañana, apenas amanezca, se les va a helar la risa en los labios! ¡Se olvidaron muy pronto de mi pequeño pueblo, al que sorprendieron y degollaron en las playas de mi isla! ¡Pero aquí está su vengador, espiándolos!

El *Rey del Mar* seguía silenciosamente a los dos barcos, siempre a una distancia de una milla. A aquéllos ya no les era posible huir, pues no podían competir en velocidad con un buque de tal potencia.

Inclinado sobre la borda, Sandokán no los perdía de vista. Parecía tranquilo, pero debían de atormentarlo los pensamientos de destrucción, de sangre, de venganza.

—¿Quién me impediría —dijo, de pronto— caer como una tromba sobre esos barcos, y a golpes de espolón, enviarlos hechos pedazos al fondo del mar? ¡El océano guarda muy bien los secretos que se le confían, y jamás se sabría nada!

—Por humanidad, no lo harás, Sandokán —dijo Yáñez.

—¡Humanidad! ¡Es una palabra que carece de sentido cuando se está en guerra! ¿Acaso se acordaron ellos de esa palabra cuando decretaban a sangre fría la conquista de nuestra isla y el exterminio de nuestro pequeño pueblo? ¿Qué queda hoy de los tigres de Mompracem, de aquellos tigres que tan gran servicio prestaron a esos ingleses, librándolos de la infame secta de los *thugs*? ¡Ése es el reconocimiento a los voraces asaltantes de los mares! ¡Nos arrebataron a traición nuestra isla, atacándonos de noche con fuerzas diez veces superiores, como si fuésemos bestias feroces! ¡Y tú, Yáñez, vienes a hablarme de humanidad! ¿Crees que, si mañana cayera sobre nosotros o sobre nuestros praos una escuadra inglesa, nos respetaría? ¡No, nos hundiría y nos enviaría a dormir el sueño eterno en los abismos del mar de la Malasia!

—Sandokán, nosotros podríamos defendernos, pelear la victoria, mientras que esos dos barcos no pueden oponer nada a nuestra artillería y al espolón de nuestra nave.

—¡Es verdad, señor Yáñez! —dijo una voz detrás de ellos.

Sandokán se volvió rápidamente, y se encontró ante Darma.

—Tú lo apruebas porque...

Nō terminó la frase, que seguramente aludiría a los amores de la joven con el angloindio.

—¡Que procuren defenderse ellos también, Darma! —añadió.

—No podrían hacerlo, señor Sandokán —replicó la joven—. En esos barcos es probable que vayan quinientos o seiscientos pobres muchachos que suspiran por el momento de volver a ver su patria y abrazar a sus ancianos padres. ¡No haga llorar a tantas madres, usted, que ha sido siempre tan generoso!

—¡Mis hombres, los viejos tigres de Mompracem, lloraron la noche que los arrojaron de su isla! —dijo Sandokán, reprimiendo su ira—. ¡Que lloren también las mujeres inglesas!

Sandokán se apartó de la borda y volvió hacia las dos torres de popa, de cuyas bocas salían las puntas de dos grandes cañones de caza que amenazaban al horizonte. Iba a abrir la boca para ordenar que se hiciese fuego con aquellos dos monstruos de bronce, cuando Darma, en aquel preciso instante, puso una mano sobre los labios del pirata.

—¿Qué va a mandar, mi generoso protector? —preguntó la angloindia.

—¡Voy a dar la orden de muerte! ¡Quiero que esos cantos de alegría se transformen en un grito de angustia! ¡Quiero que el mar abra sus abismos para tragarse a los conquistadores de mi isla!

—¡Usted no hará eso, señor Sandokán! —dijo Darma, con voz firme—. Piense que, cualquier día, puede verse acometido por fuerzas superiores a las suyas y ser vencido. ¿A quién respetarán entonces los vencedores?

—Además, no debes olvidar, Sandokán —añadió Yáñez, con voz grave—, que llevamos a bordo a dos muchachas: Surama, la primera y única mujer a quien he amado, y esta joven, a quien salvamos emprendiendo contra los *thugs* una guerra en la que tuvimos que hacer prodigios. Si ahora haces eso, ni siquiera ellas podrían librarse de la ira de nuestros vencedores. ¿O también quieres hacerlas nuestras cómplices en este acto inhumano?

El Tigre de la Malasia se había cruzado de brazos, y miraba a Darma y a Surama, que se acercaba en ese mismo instante. La luz terrible que poco antes brillaba en sus ojos, fue apagándose poco a poco. De pronto, sin decir una palabra, le tendió a Yáñez la mano, sacudió dos o tres veces la cabeza, y enseguida se puso a pasear, deteniéndose de cuando en cuando para mirar a los barcos, que continuaban su rumbo, pasando a la vista de las islas Romades.

El *Rey del Mar* los seguía continuamente a la misma distancia.

Transcurrió la noche sin que Sandokán descansara un solo momento. Continuó paseando en la cubierta por entre las torres, pero ya no volvió a abrir la boca.

Cuando los primeros albores del nuevo día comenzaron a difundirse por el cielo, mandó acelerar la marcha del crucero, y que los artilleros fuesen a ocupar sus puestos de combate. Mediante una rápida maniobra, se puso a corta distancia de los barcos, y mandó izar la bandera, remarcando la orden con un cañonazo sin bala.

Agudos gritos resonaron en los dos transportes, cuyos puentes se poblaron de soldados, pálidos de terror.

—¡Arríen la bandera y ríndanse, o, de lo contrario, los hundiremos! —les dijo Sandokán, por medio de señales.

Al mismo tiempo ordenó apuntar los cañones, dispuesto a que el aviso fuera seguido por la ejecución de la amenaza.

12
En las aguas de Sarawak

Los dos transportes, que se veían incapaces de oponer la menor resistencia, pues sólo poseían piezas de artillería ligera, completamente inofensivas contra la poderosa coraza del corsario, obedecieron inmediatamente y bajaron las banderas.

En la cubierta de aquellos dos barcos, reinaba una confusión indescriptible. Los soldados —unos trescientos o cuatrocientos— corrían como locos por los puentes y se agolpaban en torno de las chalupas, creyendo que el crucero iba a hundirlos.

—¡Les concedo dos horas para desocupar los barcos! —dijo el Tigre de la Malasia nuevamente—. ¡Transcurrido ese tiempo, abriré el fuego! ¡Obedezcan!

Las islas Romades se hallaban a unos cuantos kilómetros de distancia, mostrando sus costas, desiertas por completo y flanqueadas por abundantes bancos de arena y escolleras.

Los comandantes de ambos barcos, después de una breve deliberación, habían contestado:

—¡Cedemos ante la fuerza, para evitar una matanza inútil!

Enseguida echaron al agua todas las chalupas disponibles, tan cargadas de soldados, que parecía que iban a hundirse: todos se apresuraban a embarcar por temor a que el corsario rompiese el fuego.

Al ver que algunos llevaban consigo fusiles, Sandokán, que se mostraba inexorable, ordenó que los arrojasen al mar o que volviesen a llevarlos a bordo, y amenazó con acribillar en el acto a las embarcaciones si no lo obedecían.

Mientras el embarque se realizaba entre gritos, insultos, amenazas y peleas, el *Rey del Mar* giraba lentamente alrededor de los dos barcos, siempre apuntándolos con los cañones.

—¿Qué vas a hacer con esos transportes? —preguntó Yáñez.

—¡Los hundiremos! —respondió fríamente Sandokán—. ¡El mar está dispuesto a recibirlos!

—¡Qué lástima no poder remolcarlos hasta un puerto!

—¿A cuál? ¡No hay ni un solo refugio amigo para los últimos tigres de Mompracem! ¡Cualquiera diría que todos los Estados de Borneo, después de habernos admirado tanto, tienen miedo del leopardo inglés! Pero no importa; no por eso dejaremos de hacer lo nuestro. Confiaremos al mar estas presas. ¡El mar, por lo menos, no nos las devuelve nunca!

—¡Cuántos tesoros perdidos inútilmente! —respondió Darma.

—¡Así es la guerra! —contestó con sequedad Sandokán—. Yáñez, manda que echen al agua las chalupas y que abran los depósitos de carbón. ¡El *Rey del Mar* tendrá buena provisión de combustible!

Los soldados, cuyas embarcaciones habían hecho ya varios viajes, habían acampado en la playa más próxima, dispuestos a refugiarse en los bosques en caso de peligro.

Yáñez hizo embarcar cincuenta hombres bien armados y les ordenó que ocupasen ambos transportes, antes de que terminasen de abandonarlos sus tripulaciones, con objeto de evitar una traición. Era probable que aquellos barcos llevaran pólvora a bordo, y los respectivos comandantes, al marcharse, podrían haber dejado colocadas algunas mechas encendidas en la santabárbara[33], para hacer que volasen los transportes y, con ellos, los depósitos de carbón, que tanto necesitaban los tigres de Mompracem.

En cuanto salió el último inglés, se dirigió a bordo de las dos naves un nuevo pelotón de malayos al mando de Kammamuri, para proceder a la descarga del combustible y las municiones de guerra.

Desde la playa, los soldados miraban ansiosamente la maniobra de los piratas, y se mostraban muy asombrados al ver que no tomaban los buques a remolque, como ellos habían sospechado.

---

[33] En las embarcaciones, lugar destinado a guardar la pólvora.

Los hombres de Sandokán trabajaron febrilmente durante todo el día en vaciar las bien provistas carboneras de los dos transportes. Al caer la tarde, ya las habían despojado casi por completo.

—¡Y ahora —dijo Sandokán—, mar, toma las presas que te ofrezco! ¡Cuando también nos vayamos al fondo, sé clemente con nosotros!

Antes de abandonar los dos barcos, los malayos encendieron mechas adheridas a los barriles de pólvora que habían dejado en la santabárbara. Sandokán, Yáñez y Tremal-Naik se apoyaron en la popa para mirar tranquilamente. Delante de ellos habían colocado un cronómetro.

—¡Tres minutos! —dijo, de repente, Sandokán, mostrándoselo a sus compañeros—. ¡El final!

Un instante después, retumbaba una explosión horrenda, a la que siguió otra a muy poca distancia, no menos ensordecedora.

Ambas naves, cuarteadas por las voladuras, se hundían rápidamente, en medio de los gritos furiosos de los soldados y de las tripulaciones, que contemplaban la catástrofe desde la costa de la isla.

—¡He ahí la guerra! —dijo Sandokán, con una sonrisa sarcástica—. ¿La querían? ¡Que la paguen! ¡Y esto no es más que el comienzo!

Luego, volviéndose hacia Yáñez, añadió:

—¡Ahora, vámonos a Sarawak! Ese golfo será el teatro de nuestra futura campaña, y allí las presas serán más abundantes que aquí! ¡Ya van a ver!

El *Rey del Mar* se alejó rápidamente de las islas Romades, poniendo la proa al Sur. Con las carboneras repletas, podía desafiar en la carrera a todos los barcos que los aliados hubieran reunido en las aguas de Sarawak. Dos días más tarde avistó el cabo Taniong-Datu y pasó por delante de la misma rada[34] donde estaba refugiado el *Mariana*. Al no encontrar nada en aquel lugar, volvió a emprender la carrera hacia el Sureste, para ir a la boca del Sedang.

Sandokán quería saber, ante todo, si la tripulación de su pequeño buque había logrado realizar la misión que le había confiado: sublevar y proporcionar armas a sus antiguos aliados, los dayacos del interior, que tan vigorosamente lo ayudaron contra James Brooke, el famoso exterminador de los piratas.

---

[34] Bahía donde se puede anclar las naves al abrigo de los vientos.

Cuarenta y ocho horas después, el *Rey del Mar* avistaba el monte Matang, un pico colosal que se levanta cerca de la costa Oeste de la amplia bahía de Sarawak. Al día siguiente, el crucero navegaba por delante de la boca del río que baña la capital del rajá.

Era el momento de abrir bien los ojos, porque los barcos ingleses o del rajá podían aparecer en cualquier momento. Seguramente, ya habían avisado a las autoridades de Sarawak sobre la imprevista aparición del corsario y, como consecuencia de ello, se lanzarían al mar los mejores cruceros para proteger los barcos que dejaban el río en dirección a Labuán o a Singapur, pues allí era fácil para los audaces piratas de Mompracem capturar buques mercantes.

Se ordenó una extrema vigilancia a bordo. Los gavieros[35] estaban constantemente, día y noche, en las plataformas superiores, provistos de catalejos de largo alcance, listos para lanzar la voz de alarma en el caso de que apareciese la menor columna de humo sobre el horizonte. Para mayor precaución, Yáñez y Sandokán ordenaron que, luego de la puesta del sol, no se encendiese a bordo ninguna luz, ni siquiera en los camarotes cuyas ventanillas daban a los costados exteriores, y mucho menos los faroles reglamentarios.

Querían pasar inadvertidos por delante de la boca de Sarawak, para que no los siguiesen en su camino por las costas orientales, y realizar sin problemas las operaciones que se propusieran. Instintivamente comprendían que los estaban buscando, y que los barcos ingleses y los del rajá debian de estar por aquellos lugares. Quizás hubiesen adivinado sus planes, o —lo que sería todavía peor— alguien hubiera informado acerca de lo que proyectaban.

Contra lo que era habitual en ellos, los dos piratas parecían sumamente preocupados. Se los veía pasear por el puente durante horas, y detenerse con frecuencia para examinar el horizonte con ansiedad. Por la noche, sobre todo, no abandonaban la cubierta, y sólo descansaban unas horas después de la salida del sol.

—Sandokán —dijo Tremal-Naik, cuando ya el *Rey del Mar* pasó algunas millas más allá de la segunda boca de Sarawak—, me parece que estás muy inquieto.

—Sí —contestó el Tigre de la Malasia—, no te lo oculto, querido amigo.

---

[35] Marineros que vigilan desde el palo mayor.

—¿Temes algún enfrentamiento?
—Estoy convencido de que me siguen o me preceden, y un marino difícilmente se equivoca. ¡Se diría que se huele el humo!
—¿Supones que nos sigue la escuadra inglesa o la del rajá?
—La del rajá no me preocupa mucho, porque el único barco que podía luchar contra el mío yace en el fondo del mar.
—¿El de sir Moreland?
—Sí, Tremal-Naik. Los cruceros que posee el rajá son viejos y de segundo orden, y no valen absolutamente nada como buques de combate. La que me preocupa es la escuadra de Labuán.
—¿Es muy fuerte?
—Muy fuerte, no, pero sí numerosa. Pueden interceptarnos y darnos bastante trabajo, aun cuando creo que nuestro crucero es lo bastante poderoso como para enfrentarse también con ella. Inglaterra tiene sus mejores buques en Europa.
—Ésos están muy lejos —dijo Tremal-Naik.
—¿Y quién me asegura que no haya enviado algunos para perseguirnos? Me dijeron que en la India también tienen barcos formidables. En cuanto se enteren de los daños que causamos a sus compañías de navegación, los ingleses no dudarán en lanzar sobre estos mares lo mejor de su escuadra en la India.
—¿Y entonces? —preguntó Tremal-Naik.
—Haremos lo que podamos —contestó Sandokán—. Si no nos falta el carbón, los haremos correr mucho.
—¡El carbón siempre es nuestro problema!
—Di más bien nuestro lado débil, Tremal-Naik, porque, para nosotros, todos los puertos están cerrados. Afortunadamente, la marina inglesa es la más numerosa del mundo, y siempre podremos encontrar vapores, aunque tengamos que ir a buscarlos en los mares de China. ¡Ah! ¡Viene la niebla! ¡Es una suerte para nosotros, ahora que vamos a pasar frente a las costas del sultanato!
—¿A qué distancia estamos de Sedang?
—A unas doscientas millas. Éstas son las aguas más peligrosas. Si esta noche no tenemos ningún encuentro, mañana hallaremos al *Mariana*. ¡Tremal-Naik, abramos bien los ojos y aumentemos la velocidad!

La fortuna parecía estar de parte de los últimos tigres de Mompracem, porque en cuanto se puso el sol, cayó sobre el golfo una niebla muy densa. El *Rey del Mar* tenía mayores probabilidades de huir de la persecución de los barcos aliados, en el supuesto de que se hubiesen movido para sorprenderlo.

A pesar de esto, Yáñez y Tremal-Naik habían dado órdenes para que todo el mundo estuviese preparado. Podía aparecer cualquiera de los enemigos. Y, si empezaba la lucha, el ruido de los cañonazos atraería la atención de la escuadra.

El crucero, que había aumentado su velocidad hasta alcanzar los trece nudos, marchaba a través de la niebla, cuya densidad iba en aumento.

Sandokán, Yáñez, Tremal-Naik y el ingeniero norteamericano estaban sobre la toldilla, cerca de los timoneles. En vano procuraban distinguir algo a través de las oleadas calientes de la niebla, que de vez en cuando rasgaba el viento. Los artilleros se hallaban también en sus puestos, detrás de los gigantescos cañones y al lado de la artillería ligera. Y resguardados por las amuras, iban los malayos y los dayacos.

Iban en silencio, escuchando con atención. Sólo se oían los roncos bufidos del vapor, el ruido de la hélice que batía las aguas y el del espolón que las hendía.

Ya debían de haberse alejado unas cincuenta millas de la segunda boca de Sarawak, cuando, de repente, se oyó silbar una sirena.

—¡Un barco explorador que anuncia su presencia a otro! —le dijo Yáñez a Sandokán—. ¿Será de guerra o mercante?

—Supongo que será algún aviso del rajá —respondió el Tigre de la Malasia—. ¿Nos estarán esperando?

—Manda poner rumbo hacia el Este.

—Quisiera saber primero con qué adversario tenemos que luchar.

—Con esta niebla no me parece cosa fácil, Sandokán —dijo Tremal-Naik—. ¿Cuándo estaremos en la boca del Sedang?

—Dentro de cinco o seis horas. ¿Ves algo, Yáñez?

—Nada más que niebla —respondió el portugués.

—Nosotros no nos desviaremos. Así que ¡tanto peor para el que caiga bajo el espolón de nuestro barco!

Y acercándose al tubo que comunicaba con la sala de máquinas, gritó:

—¡Señor Horward! ¡Adelante, a toda máquina!

El *Rey del Mar* continuaba su carrera, aumentando la rapidez.

De trece nudos por hora había subido a catorce, y todavía no era suficiente. El ingeniero norteamericano ordenó elevar la tensión, con el propósito de llegar a los quince. Es verdad que el carbón se consumía más rápidamente, pero todavía tenían suficiente cantidad como para navegar durante algunas semanas, sin verse obligados a proveerse de combustible.

Transcurrieron dos horas más. De pronto, se iluminó la niebla como si la atravesara un haz de luz potente. No podía ser la luz de la luna, porque ésta era mucho más intensa y brillante: procedía del Este y corría de Norte a Sur, arrancando a las aguas chispas de plata.

—¡Un reflector eléctrico! —exclamó Yáñez—. ¡Nos buscan!

—¡Sí, sí, nos buscan! —dijo Tremal-Naik—. ¿Serán muchos?

Sandokán no había despegado los labios; pero arrugó el entrecejo.

Transcurrieron unos minutos.

—¡Detengan las máquinas! —gritó de pronto el Tigre de la Malasia.

El *Rey del Mar*, arrastrado por la velocidad adquirida, todavía anduvo unos doscientos o trescientos metros; pero luego se detuvo, y se dejó mecer por las amplias oleadas del golfo.

Delante del crucero había un barco que, probablemente, no estaría solo. Exploraba el mar, proyectando hacia todos lados un haz de luz eléctrica.

—¿Se habrá dado cuenta de nuestra presencia, la escuadra de Sarawak? —preguntó Tremal-Naik.

—Debe de habernos visto algún velero, o quizás algún prao que eludió nuestra vigilancia —dijo Sandokán.

—¿Qué piensas hacer, Sandokán?

—Por ahora, esperaremos. Después pasaremos, aun cuando tengamos que hundir diez barcos a golpes de espolón. El *Rey del Mar* tiene una proa a prueba de escollos, y las máquinas son tan sólidas, que no saltarán por un simple encontronazo.

El haz luminoso seguía recorriendo lentamente la superficie de las aguas, desde el Norte hasta el Sur, procurando rasgar la niebla, que, afortunadamente, era muy densa.

De improviso, por el lado opuesto —es decir, por la popa del crucero— apareció la luz de otro reflector. E inmediatamente otros dos, uno al Norte y otro al Sur.

De los labios del portugués, que se hallaba de guardia con los timoneles, se escapó una insulto en voz baja.

—¡Nos han rodeado perfectamente! ¡Malditos sean esos tiburones! ¡Me parece que, en pocos minutos, aquí va a hacer mucho calor!

El Tigre de la Malasia había seguido atentamente la dirección de aquellos haces luminosos. El barco se hallaba precisamente en el centro, y todavía no podía haber sido descubierto, pero tampoco le era posible moverse en ninguna dirección sin que lo vieran. Llamó con un gesto a Yáñez y al ingeniero norteamericano.

—Se trata de forzar el paso —les dijo—. Probablemente no tendremos más que un barco delante. La carga va bien segura.

—¿Atacaremos con el espolón? —preguntó el norteamericano.

—Es lo que me propongo hacer, señor Horward. Mande que se duplique el personal de máquinas.

—Está bien, comandante —respondió el norteamericano —. Mis compatriotas harían lo mismo en un caso como éste.

—¿Están todos los artilleros en sus puestos?

—Sí —contestó Yáñez.

—¡Adelante, a toda máquina! ¡Pasaremos, sea como sea!

Los chorros de luz eléctrica seguían cruzándose en todos sentidos, y poco a poco se hacían más brillantes. Probablemente, los que mandaban aquellos barcos debían haber descubierto la enorme mole del *Rey del Mar*, y se disponían a atacarlo, dirigiéndose todos hacia el mismo punto.

Se aproximaba un momento terrible, y, sin embargo, malayos, dayacos y norteamericanos, conservaban una tranquilidad admirable.

—¡Todo el mundo a las baterías! —gritó Sandokán, entrando en la torre de mando, junto con Yáñez y Tremal-Naik.

El *Rey del Mar* saltó hacia adelante. Su velocidad aumentaba por momentos, y el humo, que salía en violentas bocanadas por las dos chimeneas, caía sobre los puentes por efecto de la niebla. Un sonoro temblor sacudía toda la nave, los árboles de la hélice duplicaban sus revoluciones y el vapor rugía en las calderas. Como un gigantesco proyectil, el crucero atravesó la zona luminosa; pero, apenas había vuelto a introducirse en la oscura niebla, nuevos torrentes de luz llegaron hasta él. Los barcos enemigos se dedicaron a perseguirlo para darle alcance, y procuraban encerrarlo en un círculo de fuego y de hierro.

Sandokán estaba impávido. Seguía ordenando que el barco corriera siempre hacia el Este.

Retumbaron algunos cañonazos, y se oyó cómo los proyectiles rasgaban el aire, cuando pasaban silbando sordamente.

—¡Dispuestos para el fuego de andanada! —gritó Yáñez.

—¡Por Júpiter! ¿Y las muchachas?

—Están resguardadas en la cámara —respondió Tremal-Naik.

—Envía a alguien para que les diga que no se asusten si sienten un gran golpe —dijo Sandokán.

Sombras gigantescas se movían entre la niebla, iluminada continuamente por los reflectores. La escuadra enemiga iba a caer sobre el crucero de los tigres de Mompracem, con la intención de cortarles el paso.

De improviso, una mole negra apareció de modo fantasmal ante la proa del *Rey del Mar*, a muy poca distancia. Era imposible detener la marcha del crucero.

—¡Con el espolón! —gritó Sandokán, con voz de trueno.

El *Rey del Mar* se precipitaba como un ariete sobre el buque enemigo. Un golpazo espantoso, seguido de gritos de angustia, retumbó en la niebla, y se repitió luego hasta perderse en la lejanía del océano. El espolón del crucero había penetrado por completo dentro del barco enemigo, y había abierto una grieta enorme.

El *Rey del Mar* se detuvo un momento, inclinándose hacia popa, en tanto que en el otro buque, herido de muerte, sonaron varias explosiones. Eran las calderas, que acababan de estallar.

—¡Máquina atrás! —gritó el ingeniero norteamericano.

Se oyeron unos crujidos en la proa, y enseguida el *Rey del Mar*, dando una brusca sacudida, liberó al espolón, retrocedió y giró a babor.

El buque, que había sido embestido, se hundía rápidamente en medio del griterío ensordecedor de su tripulación. El *Rey del Mar* había vuelto a emprender la carrera, pasando por la popa del barco que se hundía, y de nuevo se sumergió en medio de la niebla. Otras sombras aparecieron por babor y estribor. Los buques de la escuadra, aprovechando aquel momento de detención forzosa, habían llegado hasta el corsario, y proyectaban sus reflectores sobre el fugitivo.

—¡Fuego acelerado! —ordenó Yáñez.

El crucero se inflamó como un volcán en erupción, con un horrendo estampido. Las gigantescas piezas de las torres rompieron el fuego casi simultáneamente, haciendo temblar la nave desde la quilla hasta la punta de los mástiles, y lanzando sobre los navíos enemigos sus enormes proyectiles. Los cañones de medio calibre de las baterías siguieron el ejemplo, machacando al adversario.

Los perseguidores no parecían asustarse, a pesar de que aquella tremenda descarga de la artillería gruesa moderna debía de haberles producido graves daños, irremediables en un barco pequeño o mal defendido. Los relámpagos de los cañonazos se repetían por todas partes. Los proyectiles y las granadas se aplastaban o se abrían sobre el sólido blindaje del barco corsario, o reventaba entre los puentes, lanzando trozos de metal. Golpeaban los flancos de babor y estribor, caían a popa y a proa, deslizándose sobre las planchas de las toldillas y rebotando en los bordes de las torres. Pero el *Rey del Mar* no se detenía en su marcha. Al contrario, contestaba con furia espantosa, enviando balas a diestra y siniestra.

Un barco pequeño que navegaba con velocidad vertiginosa, salió de improviso de entre la niebla, y con loca temeridad corrió hacia el crucero. Era una chalupa grande de vapor, que llevaba un asta muy larga en la proa: la torpedera. Horward, que conocía aquella arma mortífera, dio un grito:

¡Cuidado! ¡Tratan de lanzarnos un torpedo!

Sandokán y Yáñez saltaron fuera de la torre de mando. La chalupa, iluminada por los reflectores eléctricos de los otros barcos, se dirigía velozmente hacia el *Rey del Mar*, tratando de alcanzarlo. El hombre que la tripulaba iba en la proa detrás del asta.

—¡Sir Moreland! —gritaron ambos a un tiempo.

Efectivamente, era el angloindio, que, impulsado por una loca temeridad, se proponía aniquilar al crucero.

—¡Detengan esa chalupa! —gritó Sandokán.

—¡No, que nadie le haga fuego! —dijo Yáñez a su vez.

—¿Qué dices, hermano? —preguntó, asombrado, el Tigre de la Malasia.

—¡No lo matemos! Darma lo lloraría siempre. ¡Permítanme actuar!

A estribor había varias piezas de calibre mediano. Yáñez se dirigió a la más cercana, que ya hablan apuntado sobre la chalupa, corrigió rápidamente la mira y enseguida dio un tirón a la correa. La chalupa se encontraba a unos trescientos metros de distancia, pero ya no iba a poder seguir al crucero: el proyectil le dio en la popa con una precisión matemática, y le arrancó al mismo tiempo el timón y la hélice, obligándola, de este modo, a detenerse en su veloz carrera.

—¡Buen viaje, sir Moreland! —gritó, con voz irónica, el valiente artillero.

El angloindio hizo un gesto de amenaza, y el viento llevó hasta los tigres de Mompracem estas palabras:

—¡Dentro de poco se encontrarán con el hijo de Suyodhana! ¡Los espera en el golfo!

El crucero ya había atravesado la zona luminosa y se refugiaba en la niebla.

Por última vez, descargó sus cañones de caza contra los barcos enemigos, que no podían competir con su máquina, y desapareció hacia el Este, mientras los malayos y los dayacos gritaban con voz sonora:

—¡Viva el Tigre de la Malasia!

13
La desgracia del Mariana

La poderosa nave de los tigres de Mompracem, construida por los incomparables ingenieros norteamericanos, había hecho honor, una vez más, a su fama de "invencible", y había demostrado estar hecha a prueba de dificultades.

A pesar del tremendo encontronazo que había tenido que soportar cuando dio aquel golpe terrible de espolón, tanto las máquinas como la proa resistieron maravillosamente y lo mismo ocurrió con el blindaje, sobre cuyas planchas cayó la incesante descarga de la artillería. Había salido casi incólume de aquel combate: salvo alguna abolladura sin importancia, sus potentes costados perfectamente podían volver a enfrentar otra prueba. Las víctimas habían sido cuatro artilleros mutilados al reventar una granada.

El *Rey del Mar* no aminoró la marcha. Sabiendo con certeza que era seguido, y suponiendo que los aliados debían de haber adivinado la intención de aquel viaje, Sandokán y Yáñez querían llegar a la boca del Sedang con una ventaja de veinticuatro horas, por lo menos, para proteger al *Mariana* y, si era posible, ponerse en contacto con los jefes de los dayacos.

Estaban seguros de que iban encontrar al pequeño buque escondido entre las escolleras, aguardando su llegada.

—Si el diablo no mete la cola —le dijo Yáñez a Tremal-Naik—, cuando llegue la escuadra de los aliados, todo estará concluido.

—¿No dejarán de perseguimos? —preguntó el hindú.

—Procurarán encerrarnos entre el Sedang y el Redjang para ponernos en el aprieto de tener que ir hacia la costa —respondió el portugués—, pero yo espero que no lleguen a tiempo.

—¿Y si nos encontramos allá abajo con el hijo de Suyodhana? ¿Escuchaste lo que gritó sir Moreland?

—Podría suceder. Pero supongo que ese hombre no tendrá una escuadra bajo sus órdenes.

—¿Y si la ha armado? Los *thugs* debían de poseer inmensos tesoros. Y esos tesoros debe haberlos rescatado el hijo de Suyodhana después de la dispersión de la secta.

—Sí, patrón... Inmensos —dijo Kammamuri, que se había acercado en aquel momento—. Durante mi cautiverio en el subterráneo de Raimangal, pude ver una caverna llena de barriles repletos de oro. Además, me dijeron que, en los principales bancos de la India tenían depositadas sumas incalculables.

—¡Estás amargándome el cigarro, mi querido Kammamuri! —dijo Yáñez—. ¿El hijo del Tigre de la India fue capaz de armar varios barcos? ¡Bah! —exclamó, encogiéndose de hombros—. ¡Nuestro crucero puede hacer frente a varios a la vez, y le daremos una lección a ese señor! ¡Ya es hora de que aparezca y nos permita ver si se parece a su padre!

—¡Qué lástima que sir Moreland no nos haya dado algunas noticias acerca de nuestro enemigo! —dijo Tremal-Naik.

—¡Hum! —dijo Yáñez—. Yo sospecho que ese angloindio está más al servicio del hijo de Suyodhana que del rajá de Sarawak.

—Razón de más para que no lo respetemos, señor Yáñez —dijo Kammamuri—. Usted debió dejar que disparasen toda la artillería sobre su chalupa, en lugar de averiarlo nada más.

—¿Qué quieres? ¡Me daba pena dejar que matasen a ese joven tan valiente! —respondió Yáñez.

—Y tan amable y cortés —añadió Tremal-Naik—. Cuando Darma y yo éramos sus prisioneros, se portó siempre como un verdadero caballero, especialmente con mi hija.

—¿Desde el primer momento?

—Desde el principio, no —contestó el hindú—. Durante los primeros días estuvo sumamente frío... Tanto, que me miraba de muy mala manera, lo que me preocupaba bastante. Pero fue cambiando poco a poco.

—¡Ah! —replicó Yáñez, sonriendo.

Volvió a encender el cigarro, que se le había apagado, y se dirigió hacia Darma y Surama, que entraban en aquel momento.

—¿No sintieron miedo, muchachas? —dijo, mirando especialmente y con cierta malicia a la hija del hindú.

—¡Gracias, señor Yáñez! —le susurró Darma, tomándole la mano y apretándosela fuerte.

—¿Qué es lo que sabes?

—¡Lo he oído todo!

—Te habría dado mucha pena si lo hubiesen matado, ¿verdad, Darma?

—¡Sí! —suspiró la muchacha—. ¡Es un amor fatal!

—¡Bah! Cuando concluya la guerra, buscaremos a ese joven valeroso, y... ¡quién sabe...! Todo puede terminar bien, y quizá formen una pareja feliz, pues, por lo que yo he podido ver, también sir Moreland te quiere con toda su alma.

—Sin embargo, sahib blanco —dijo Surama—, me contaron que intentó volar nuestro barco.

—Averiarlo gravemente, para aprovecharse de la confusión y tratar de robar a Darma —dijo Yáñez—. ¡Oh, no tengo dudas de que no hubiera dejado que ella se ahogase...! La niebla se aclara, y veo que por allí comienza a difundirse un poco de luz. Amanece. Ahora veremos si todavía tenemos tras nosotros a los barcos de los aliados.

La niebla, que tan oportunamente había protegido a los tigres de Mompracem, comenzaba a disiparse, dispersada por la brisa matutina. Cuando todas aquellas nubes desaparecieron, se pudo ver que el océano estaba desierto. La escuadra aliada, al comprender que no podía competir con las poderosas máquinas del *Rey del Mar*, debía de haberse quedado muy atrás, o emprendido el regreso hacia la boca del Sarawak.

También por el Norte aparecía el horizonte limpio, pues el corsario se había apartado mucho de las costas de Borneo, para que no pudiera divisarlo ningún buque costero. No se veía más que pájaros marinos, que revoloteaban con ligereza y velocidad admirables.

El *Rey del Mar* siguió durante todo el día su veloz carrera, pues Sandokán no sólo quería conservar la ventaja, sino aumentarla, con el propósito de tener tiempo para buscar al *Mariana*.

Antes de la puesta del Sol, el crucero navegaba ya en las aguas que bañan la costa de Sedang.

—Por el momento, podemos consideramos fuera de peligro —le dijo Yáñez a Horward, que, lo mismo que Darma, contemplaba el ocaso.

—Sí. Pero, dentro de unos días, probablemente antes de cuarenta y ocho horas, nos veremos obligados a volver a comenzar la canción —respondió el norteamericano.

—Los barcos de los aliados no nos dejarán tranquilos.

—¡Qué puesta de sol tan maravillosa! —exclamó en aquel momento Darma.

—Las que se admiran en estos mares son las más hermosas que existen —dijo Yáñez—. Poseen unas tonalidades que no se ven en ningún otro lugar. Si están ustedes atentos, verán el famoso rayo verde.

—¡Un rayo verde! —exclamaron Darma y el norteamericano.

—Y espléndido, Darma... Es un fenómeno maravilloso, que tan sólo se puede admirar en los mares de la Malasia y en el océano Índico. El cielo está muy limpio y, probablemente, podrás verlo. Espera a que el borde superior del Sol esté a punto de sumergirse.

—¿Es posible que de todos esos fulgores de incendio pueda surgir un rayo de ese color? —exclamó.

—Estoy seguro de no equivocarme. Presten atención.

El Sol se hundía tras un océano de luces, cuyos colores iban variando poco a poco, debido a la humedad de la atmósfera y de la distancia que separaba al astro del cenit. Mientras iba sumergiéndose en el océano, se difundía por el cielo una luz roja y amarillenta, que adquiriría con gran rapidez un tono violáceo. Éste, a su vez, se desvanecía imperceptiblemente en un fondo azul grisáceo. El borde superior del disco solar estaba a punto de desaparecer, cuando de improviso surgió un rayo completamente verde, de una belleza tal, que arrancó gritos de admiración a Darma y al norteamericano. Durante unos segundos se proyectó sobre el agua, y enseguida desapareció, en el momento en que el último segmento del astro rey se ocultaba tras el horizonte.

—¡Magnífico! —exclamó Horward.

—¡Maravilloso! —dijo Darma—. ¡Jamás había visto un rayo de ese color!

—Porque recorriste estos mares muy pocas veces —respondió Yáñez.

—¿Y no se ve en otros lugares? —preguntó Kammamuri, que se había reunido con ellos.

—Es dificilísimo, porque tienen que darse condiciones excepcionales de limpieza y pureza de la atmósfera. Solamente por estos lados se dan con frecuencia... La campana nos llama a la mesa para cenar. Aprovechemos este momento, que ningún peligro nos amenaza —dijo Yáñez, ofreciendo el brazo a la joven angloindia.

Dos horas después de la puesta del sol, el *Rey del Mar*, que no había disminuido la velocidad que llevaba, se encontraba frente a la boca del Sedang, a una distancia de seis millas.

—¿Se habrá escondido el *Mariana* adentro del río? —le preguntó Kammamuri a Yáñez, que estaba reconociendo la costa con el catalejo.

—No creo que haya sido tan estúpido su comandante. Debe de haberse ocultado entre las escolleras del Este, que forman varios canales. Avanzaremos lentamente en esta dirección.

El barco puso proa hacia la boca del río, y avanzó hasta muy poca distancia de aquélla. Enseguida, se dirigió hacia el Este, donde sobresalían largas filas de escolleras. Se encontraban a muy poca distancia de las primeras rocas, que emergían de las aguas como si fueran minúsculas islas, cuando retumbaron débilmente unas detonaciones en la lejanía.

Sandokán, prevenido inmediatamente por Kammamuri, se apresuró a subir a la cubierta, junto con Tremal-Naik y Horward. Examinaron con atención el horizonte, mirando en todas direcciones. Al alcance de la vista, no aparecía ningún barco. Sin embargo, aquellos disparos —tres, si no se equivocaban los hombres de la guardia— habían sido oídos por todos. Sandokán mostraba su preocupación.

—¿Habrá sorprendido algún barco a mi viejo *Mariana* y lo habrá cañoneado? —se preguntó—. ¿De qué lado se oyeron los disparos?

—Hacia Occidente —dijo Yáñez, que estaba de guardia.

—¿No vieron ninguna columna de humo en esa dirección?

—Nada. El horizonte estaba totalmente limpio.

—Y esas detonaciones, ¿eran muy débiles?

—Sí, muy débiles.

—Entonces, esos cañonazos deben de haberlos disparado a una gran distancia —dijo Horward.

—Sí, teniendo en cuenta que el viento sopla del Este.

—Sandokán —dijo Tremal-Naik, cuya frente se había oscurecido—, busquemos enseguida al *Mariana*.

—Eso es lo que vamos a hacer —contestó el Tigre de la Malasia—. Si no lo encontramos detrás de esa escollera, volveremos hacia el Sedang. Que Kammamuri y los gavieros suban a las cofas con buenos catalejos para que registren el horizonte cuidadosamente.

El *Rey del Mar* continuaba navegando hacia el Este, siguiendo la costa a distancia de un par de millas para no chocar en algún banco de arena.

Sin embargo, no aparecía ningún barco.

Una profunda ansiedad se había apoderado de la tripulación, y especialmente de Sandokán y de Yáñez. La ausencia del prao, que debía encontrarse hacía ya algunos días en aquel lugar, los inquietaba mucho. Temían que hubiera sido descubierto y hundido por algún barco enemigo. El que se hallaba más enfurecido era Sambigliong, que iba de un lado al otro, dando vueltas como un loco entre las torres de los grandes cañones, y prometía hacer pedazos al osado que se hubiera atrevido a abordar al viejo *Mariana*.

La carrera del *Rey del Mar* duró una hora, sin que los gavieros lograran descubrir el velero por ningún lado. Ante este resultado, Sandokán ordenó virar y acercarse a una barrera de escollos muy altos, que formaba un brazo entre el mar y la costa.

Todos estaban convencidos de que le había ocurrido una desgracia al pobre barco.

—¡Activen el fuego! —ordenó Sandokán—. Si los ingleses llegan a tiempo, les haremos pagar caro este golpe.

—¿Crees que la escuadra aliada se nos vendrá encima? —le preguntó Tremal-Naik a Yáñez.

—Le llevamos, por lo menos, una ventaja de doce horas —contestó el portugués—. ¡Llegará demasiado tarde!

La Luna había salido poco después de las once, y la noche era tan clara, que hubiera podido verse perfectamente en la plateada superficie del golfo el más pequeño punto negro. Sin embargo, los gavieros contestaban siempre negativamente a las preguntas que de vez en cuando les dirigían.

—¡Nada! ¡No hay nada en el horizonte!

—¿Significarían aquellos cañonazos la agonía del *Mariana*? —se preguntaban todos con creciente angustia.

A eso de medianoche comenzaron a delinearse las costas orientales del Sedang. Parecían muy negras, a causa de las imponentes masas de sus bosques seculares. De pronto, cuando el *Rey del Mar* ya había entrado en el canal que se abría detrás de la escollera, resonó una voz:

—¡Humo delante de nosotros!

Yáñez enfocó el catalejo en aquella dirección.

—¡Un barco de vapor! —gritó el portugués—. ¡Dos mil metros! ¡Un buen tiro para un artillero hábil! ¡Detengámoslo! ¡Cien rupias[36] al que le dé!

Todavía no había terminado la frase, cuando el viejo cabo norteamericano de cañón —el mismo que había ganado los doscientos dólares— se colocó detrás de su pieza.

Se notaba perfectamente que el vapor trataba de huir. La Luna le daba de lleno. La distancia era muy respetable; pero el viejo artillero tenía confianza en su vista y en su cañón.

—¡Ahora van a ver! —dijo—. ¡Las cien rupias van a danzar en mi bolsillo, en espera de la oportunidad para comprar una montaña de tabaco y un barril de ginebra!

Aguardó a que el buque pasara junto a la proa del crucero, e hizo fuego rápidamente.

¿Había dado en el blanco, o había fallado? Fue imposible saberlo, porque casi en el mismo instante, el barco desapareció detrás de un obstáculo que la distancia no había permitido distinguir: no se sabía si era una escollera o un islote.

El *Rey del Mar* se había lanzado en su persecución, moderando la marcha, sin embargo, porque corría riesgo de encontrarse en el momento menos pensado ante uno de esos bancos arenosos que se extienden en las proximidades de las bocas del Sedang.

A un kilómetro de distancia de la costa, Sandokán ordenó que se sondara. Como no conocía muy bien aquellos lugares, no se atrevía a hacer avanzar el crucero por miedo a varar.

El buque contra el cual había disparado el norteamericano había desaparecido. Seguramente había aprovechado alguna de las escolleras que se extendían hacia el Norte, para internarse en un canal y alejarse o buscar refugio en una ensenada. Yáñez y Sandokán decidieron

---

[36] Moneda de plata usada en la India y en el Pakistán.

abandonar al fugitivo, el cual sería, probablemente, muy débil, si no se atrevía a hacerles frente. Así que viraron hacia el Oeste para seguir buscando al *Mariana*.

Hacía un cuarto, de hora que marchaban a poca velocidad, continuando la búsqueda del prao, cuando cerca de una escollera apareció una masa negruzca con unas velas muy altas y todavía desplegadas.

—¡Nave en la costa! —gritaron los vigías.

—Debe de ser el *Mariana* —gritó Yáñez—. ¡Por fin!

El *Rey del Mar* viró y avanzó con lentitud hacia la escollera. Enseguida se precipitaron todos a la proa para ver mejor aquel barco, cuya inmovilidad les produjo bastante inquietud: parecía estar adherido a las rocas.

Lo enfocaron con un reflector eléctrico, iluminándolo como si fuese pleno día. Pero —cosa extraña—, a pesar de eso, nadie apareció sobre la cubierta.

—¡Disparen tres cohetes! —ordenó Yáñez—. Si hay gente a bordo, seguramente contestarán.

—¿Será el *Mariana*? —preguntó Tremal-Naik, que compartía los temores de los dos comandantes.

—Todavía no puedo decírtelo —respondió el portugués.

—Parece que ese barco se lanzó sobre la escollera y se embarrancó en la arena para huir de algún cañoneo de los ingleses. ¿No lo crees así, Tremal-Naik?

—¿Y la tripulación? No se ve a nadie.

—Y nadie contesta —dijo Sandokán, que se había acercado, mientras que Kammamuri y Sambigliong lanzaban los cohetes, que estallaron en el aire y despidieron una multitud de chispas multicolores.

—Esto quiere decir que los ingleses han hecho prisionera a la tripulación —dijo Tremal-Naik.

—Nosotros iremos a liberarla, aunque haya que perseguir a ese barco hasta dentro del río Sedang. Manda echar al agua una chalupa, y vamos a ver si ese prao es o no es el *Mariana*.

El crucero había moderado la marcha, por el temor constante de encontrarse ante un bajo fondo. Los escandallos no daban más que doce metros de profundidad, y el fondo tendía a elevarse rápidamente.

La gran chalupa de vapor cayó al agua, y Sandokán, Yáñez y Tremal-

Naik, con veinte malayos armados, tomaron asiento en ella y se dirigieron hacia la escollera.

El *Rey del Mar* había virado, volviendo un poco mar adentro, porque el oleaje era bastante fuerte.

La escollera se encontraba a unos quinientos o seiscientos metros. Estaba compuesta por una larga fila de rocas oscuras, cortada en forma de sierra y con los costados carcomidos y corroídos por la eterna erosión de las olas. El barco había embarrancado en la punta Norte. Y, por efecto del choque, que debía de haber sido violentísimo, se había inclinado sobre un costado ya había quedado sostenido contra una roca alta como la arboladura.

Temiendo una sorpresa, Sandokán les ordenó a diez de sus hombres que preparasen los fusiles. Luego, la chalupa se dirigió hacia una caleta rodeada por un cinturón de escollos. Allí, las aguas permanecían tranquilas.

Quedaron seis marineros de guardia en la embarcación, y con los otros se acercó al barco.

—¡El *Mariana*! —gritó de pronto, con dolor.

El desgraciado velero, ya fuera por causa de una falsa maniobra, o bien porque había sido lanzado allí a propósito, se había reventado contra la punta de la escollera de una forma tan brusca, que se podía dar por perdido. Las puntiagudas rocas le habían deshecho el casco y le había producido una grieta tan grande, que las olas entraban libremente hasta la bodega.

—¡En qué estado encontramos a este pobre barco! —exclamó Yáñez, que no estaba menos conmovido que el Tigre de la Malasia—. ¿Qué cosa lo habrá obligado a lanzarse sobre esta escollera? ¿Y dónde está su tripulación?

—Allí, en el costado de babor, hay una escala —dijo Tremal-Naik—. ¡Subamos!

—¡Preparen las armas! —ordenó Sandokán—. ¡Tal vez haya ingleses a bordo!

—¡Listo! —dijo Yáñez.

Y subió primero; tras él, iba Sandokán, y luego todos los demás, que llevaban montados los fusiles y las pistolas.

En el barco reinaba un silencio de muerte, pero ¡cuánto desorden en la toldilla! Allí se veían cajas y barriles abiertos, bombardas y fusiles tirados, y, en la proa, un enorme agujero que parecía producido por alguna granada. La escotilla grande estaba descorrida, y allá abajo, en las profundidades de la bodega, rugía el agua sordamente.

—No hay nadie —dijo Yáñez.

"¿Qué les habrá sucedido a mis hombres?" —se preguntó Sandokán, con ansiedad—. "¿Y la carga que tenía la nave...? Porque me parece que todo ha sido vaciado."

En aquel momento, desde la cumbre del escollo en el cual se apoyaba el *Mariana*, gritó una voz:

—¡El capitán!

Sandokán y Yáñez levantaron la cabeza, mientras los malayos, por precaución, armaban las carabinas.

Un hombre de tez oscura, medio desnudo, descendía a grandes saltos por las rocas, llevando en la mano un parang, cuya larga hoja brillaba bajo los rayos de la Luna.

Enseguida llegó hasta la nave, y saltó en la cubierta, diciendo:

—¡Capitán, lo esperaba!

—¡Tú, Sakkadama! —exclamaron a un tiempo Yáñez y Tremal-Naik, al reconocer al piloto del *Mariana*.

—¿Qué pasó aquí? —preguntó Sandokán.

—Ayer a la tarde nos sorprendió un barco de vapor, y nos obligó a arrojarnos sobre esta escollera. Se abrieron dos boquetes bajo la línea de flotación. El barco huyó al ver el crucero.

—¿Y saqueó el *Mariana*?

—Sí, Tigre de la Malasia. Se llevaron las armas y las municiones.

—Y tus compañeros, ¿dónde están?

—Han pasado al Sedang.

—¿Y tú te quedaste?

—No había sitio en la chalupa, porque a la otra la deshizo un cañonazo.

—¿No se comunicaron con los dayacos?

—Sí —contestó el piloto—, hace ocho días. Pero no pudimos hacer nada. El rajá, sospechando de ellos, hizo apresar a unos cuantos. A los demás los desterró fuera de la frontera.

—¡Maldición! —exclamó Yáñez—. ¡Esta noticia no me la esperaba! ¡Adiós, esperanzas!

—Hemos tardado demasiado —dijo Sandokán —, y el rajá se ha prevenido.

—¿Y ahora, qué vamos a hacer, Sandokán?

—No nos queda otra alternativa que luchar en el mar —contestó el Tigre de la Malasia—. Volveremos hacia el Norte, ya que el grueso de la flota aliada se encuentra en las aguas de Sarawak, y reanudaremos la guerra contra los buques mercantes, causando los mayores daños posibles a las compañías de navegación. ¡Si es preciso, iremos hasta los mares de la China! ¡Amigos, a bordo! ¡No perdamos el tiempo!

Ya se disponían a descender a la chalupa, cuando oyeron un cañonazo disparado a bordo del *Rey del Mar*.

Sandokán dio un salto.

—¿Habrán visto la escuadra de los aliados? —preguntó.

—Supongo que sí —contestó Yáñez—. Veo que dirige la proa hacia nosotros.

—¡Miren! —gritó Tremal-Naik.

Una luz muy fuerte iluminaba el horizonte por el oeste, que unos minutos antes estaba completamente oscuro. La escuadra aliada, compuesta por media docena de barcos, se dirigía velozmente hacia el crucero, con el propósito de impedirle salir a alta mar.

—¡Pronto! ¡A bordo! —gritó el Tigre de la Malasia.

Se dejaron caer por la cuerda uno tras otro, y la chalupa salió a toda velocidad hacia el *Rey del Mar*, que, por su parte, venía a su encuentro.

Aun cuando estaban muy lejos, los barcos enemigos habían iniciado el fuego, y los cañonazos se sucedían sin interrupción. Algunos proyectiles cayeron a pocos metros de ambas embarcaciones. Tardarían muy pocos minutos en llegar a su destino las balas y las granadas.

El *Rey del Mar* estaba ya cerca, y maniobró de modo que pudo proteger a la chalupa contra los disparos de la artillería adversaria, oponiendo a los proyectiles sus resistentes costados. De un solo golpe hicieron bajar la escala. El ingeniero Horward, Darma, Surama y Kammamuri salieron a la torre de popa, gritando:

—¡Pronto! ¡Pronto! ¡Suban!

Yáñez, Sandokán, Tremal-Naik y sus compañeros se lanzaron por la escala, después de haber asegurado los ganchos.

—¡Por fin! —exclamó el norteamericano—. ¡Creí que no iban a llegar a tiempo!

—¡Los artilleros, a sus puestos! —gritó Sandokán—. ¡Dobles timoneles a la rueda!

—¡Vamos a tener trabajo para desembarazarnos de la escuadra, pero somos fuertes y veloces! —dijo Yáñez.

14
El "demonio de la guera"

Una vez que la chalupa fue embarcada, el *Rey del Mar* viró a toda prisa, y se lanzó hacia el Norte para no meterse entre las escolleras que se prolongaban en dirección al Oeste. La escuadra aliada avanzaba a todo vapor, con la esperanza de cortarle el paso, y forzaba las máquinas cuanto podía para llegar a tiempo.

Pero, entre todos aquellos barcos anticuados que se pudrían en las estaciones de ultramar, no había ninguno que pudiera competir con el rapidísimo crucero, que marchaba a tiro forzado, ni tampoco con su poderosísima artillería, que en aquella época era las más adelantada.

Los proyectiles llovían sobre el puente del corsario y golpeaban contra las torres, con un ruido ensordecedor y despidiendo altas llamaradas. Pero todo esto casi no producía efectos en el blindaje.

El barco de los tigres de Mompracem contestaba con igual energía. Sus grandes cañones tronaban sin cesar y herían gravemente a los adversarios, demasiado débiles para enfrentarse a él.

Yáñez, con el inseparable cigarro entre los labios, y Sandokán, sombrío e inmóvil, presenciaban tranquilamente aquel terrible espectáculo, sin que un solo músculo se moviese en sus caras. Sólo cuando algún proyectil daba de lleno en un barco enemigo, manifestaban su satisfacción con una inhalación de humo más vigorosa el primero, y con un simple movimiento de cabeza el segundo. A bordo, el estruendo era espantoso.

El *Rey del Mar* huía con rapidez vertiginosa, sustrayéndose del temible cerco en que quería encerrarlo la escuadra y dejando tras de sí columnas de humo y de chispas. Pasó, como si fuera un proyectil, por entre dos barcos que pretendían atraparlo, disparándoles dos tremendas andanadas y protegiéndose con las dos piezas de popa.

La escuadra aliada, incapaz de darle caza debido a su menor velocidad, se iba quedando a retaguardia, aunque navegaba a todo lo que daban sus máquinas. Las balas ya no llegaban hasta el puente del crucero.

Cuando ya los tigres de Mompracem se creían a salvo, de detrás de una alta muralla de escollos, vieron salir a todo vapor cuatro impresionantes cruceros. Eran tan grandes como el propio *Rey del Mar*.

—¡Mil diablos! —exclamó Sandokán—. ¿De dónde salieron esos navíos? ¡Yáñez! ¡Manda que pongan la proa al Norte!

Los cuatro cruceros se habían lanzado sobre el *Rey del Mar*. Pero, desgraciadamente para ellos, habían aparecido demasiado tarde para tomar parte activa en el combate.

—¡Un momento antes, y no sé cómo nos las hubiéramos arreglado! —dijo Yáñez, que los observaba a través de la aspillera de la torre de mando.

—Pero ahora, señor Yáñez, se quedarán a popa —dijo el ingeniero norteamericano, que también los miraba con atención—. En cuanto a armamento, quizá puedan competir con nosotros, pero no en potencia de máquina. Estamos ganado terreno, y dentro de seis horas ya no los veremos.

—¿De quién serán esos barcos tan hermosos? —preguntó Tremal-Naik—. No veo ninguna bandera en su arboladura.

—Supongo que serán ingleses —respondió Yáñez—. Tal vez pertenezcan a la escuadra angloindia. Antes no se veían en Labuán barcos tan modernos.

—Y, según parece, no piensan dejarnos —dijo Sandokán, que volvía a entrar en la torre en aquel momento—. Por suerte, estamos fuera del alcance de su artillería. Esperaremos a que caiga la noche para hacer una falsa maniobra y doblar hacia Occidente. Saldremos de las costas de Labuán.

—¿Acaso esta gente piensa que intentamos atacar en esa isla? —preguntó Yáñez.

—O en Mompracem —contestó Sandokán—. ¡Qué lástima tener que consumir tanto carbón para sostener esta velocidad!

—Por ahora, bastante hacemos con obligarlos a correr. Ya nos proveeremos a costa de los buques mercantes.

El *Rey del Mar* continuaba su veloz carrera. La escuadra de los aliados, que intentó rodearlo cerca de los escollos, se hallaba ya fuera de la vista. Sólo los cuatro cruceros, a pesar de que iban perdiendo camino progresivamente, continuaban la persecución con renovada energía. Sus máquinas debían de ser potentes, porque, cuando empezó a amanecer, el *Rey del Mar* no había logrado sacarles más que una milla de ventaja, y había consumido cantidades inmensas de carbón. Como desde el principio les llevaba cuatro millas de ventaja, se sostenía fuera del alcance de su artillería, que no podía disparar a esa distancia.

Al mediodía, aún no había cesado la persecución; pero ya se había ganado otra milla.

Yáñez, que no había dejado la cubierta ni un instante, iba a bajar al comedor, cuando Darma se le acercó. La joven parecía muy preocupada y muy triste.

—Señor Yáñez —le dijo, deteniéndolo—. ¿Lo ha visto?

—¿A quién? —preguntó el portugués, aun cuando había comprendido sobre quién le preguntaba la muchacha.

—¡A sir Moreland!

—No, Darma, no lo vi en ninguno de los puentes de mando de la escuadra de los aliados.

La joven palideció.

—¿Habrá muerto? —preguntó, al rato.

—¿Y por qué iba a morirse? No peleó contra nosotros; y cuando estropeé su chalupa, estaba tan vivo como yo.

—¿Vendrá en alguno de esos cuatro barcos?

—Tampoco lo vi en ninguno de ellos. Examiné atentamente los puentes con el catalejo, y no lo vi.

—Pues, a pesar de eso, mi corazón me dice que viene en uno de esos cruceros.

Yáñez sonrió sin responder y, ofreciéndole el brazo, la condujo al comedor.

Por la tarde, todavía se divisaban los cruceros, pero ya a una distancia de doce millas. A pesar de que sus chimeneas lanzaban torrentes de humo, seguían perdiendo camino.

A medianoche, el *Rey del Mar*, que no había encendido las luces, viró bruscamente y se dirigió hacia el Oeste, en dirección del cabo Taniong-Datu, para meterse de nuevo en el mar de la Sonda. Era necesario proveerse de carbón, y sin tener puertos amigos y sin la ayuda del *Mariana*, no había más remedio que sacárselo a los barcos ingleses.

Después de haberse asegurado de que ya no se veían los cruceros, Sandokán mandó reducir la velocidad del buque para economizar el combustible, pues ignoraba cuándo podría renovar su provisión, que empezaba a ser otra vez muy escasa.

Dos días después avistaron el cabo Taniong-Datu, y el *Rey del Mar* prosiguió su camino hacia el Noroeste, confiando que en aquella dirección podría sorprender a algún vapor procedente de Singapur o de los puertos de Java y de Sumatra. Pero durante los primeros días que siguieron no se vio humo en el horizonte.

Había que tener en cuenta que en todas las islas del mar de la Sonda se había corrido la voz de que un buque corsario recorría aquellos parajes. Los vapores ingleses no se habían atrevido a salir de los puertos, en espera de que la escuadra de Labuán lo hundiera o lo capturara.

Aun cuando estaban muy preocupados, pues no ignoraban que de la provisión de carbón dependía el poder estar siempre a salvo, Sandokán y Yáñez no eran hombres que desesperasen fácilmente. Todavía podían marchar a poca velocidad durante trescientas o cuatrocientas millas, e ir, si era preciso, hasta los mares de la China meridional, para intentar un buen saqueo. Pero, al menos por el momento, no tenían propósito de alejarse mucho de las costas de Borneo. Por otra parte, la escuadra inglesa de extremo Oriente debía de haberse puesto ya en movimiento para capturarlos, y no querían hacerle frente con tan escasa provisión de combustible.

—Esperemos —le había dicho Sandokán a Tremal-Naik, que lo interrogaba acerca de sus planes—. Por ahora no nos conviene dejar estos lugares e ir más allá de las islas Natuna y Bungaram. Sé muy bien que allá encontraríamos barcos para apresar, pero tampoco aquí me faltará qué hacer.

—¿Qué es lo que esperas aquí? Se diría que aguardas algo.
—Algo espero, efectivamente —contestó Sandokán, con una sonrisa misteriosa—. ¡Deseo matar dos pájaros de un tiro!
—Hace cuatro días que dejamos las aguas de Sarawak.
—Para nosotros no tiene valor el tiempo. Por lo tanto, esperemos.
—¿Y si aquellos cruceros continúan su persecución?
—Es verdad —respondió Sandokán—. Pero, ¿detrás de quién van? Estoy seguro de que los he engañado completamente, y dudo mucho de que volvamos a encontrarlos por ahora en nuestro camino.

Durante cuarenta y ocho horas, el *Rey del Mar* continuó navegando hacia el Noroeste, manteniéndose muy alejado de las costas de Borneo. Avistó de nuevo las islas Natuna y Bungaram, y dobló hacia el Este, pues ambos comandantes deseaban hacer rumbo a Bruni, capital del sultanato de Borneo. Sabían que, de vez en cuando, los vapores ingleses frecuentaban aquellas aguas.

No podían equivocarse. Hacía quince horas que habían avistado las islas, cuando en el límpido horizonte se perfiló un gran barco. Era un *steamer*[37] de dos chimeneas y tambores, que marchaba hacia Bruni, seguramente con la idea de hacer escala allí antes de volver a salir para los mares de la China.

La bandera roja que ondeaba en la popa confirmó las esperanzas de Yáñez y Sandokán, que parecían tantear el buque desde lejos.

El *steamer* notó la presencia del crucero y de los colores de sus insignias. Y aunque al principio continuó su rumbo hacia el Nordeste, viró de pronto con gran rapidez, y se lanzó hacia el Este, esperando encontrar refugio en cualquier bahía de Borneo.

Antes de salir de los puertos de la India, el comandante debía de haber recibido aviso acerca de la presencia de un corsario malayo en los mares de la Sonda, y por eso se dio a la fuga, evitando la lucha a toda costa.

A pesar de que el *steamer* corría todo lo que podía, forzando la máquina al máximo —a juzgar por los torrentes de humo que despedían sus chimeneas—, el *Rey del Mar* lo alcanzó por medio de una habilísima maniobra, y le disparó primero un cañonazo de pólvora sola, y después otro con bala, para hacerle comprender que estaba resuelto a hundirlo.

[37] Bote con propulsión de vapor.

Al ver que no lo obedecía y que aumentaba la velocidad, le disparó con una de las piezas de caza un cañonazo que le deshizo la toldilla. Un momento después, el buque izaba un bandera blanca y acortaba la velocidad.

—¡Tiene determinación, ese comandante! —dijo Yáñez, mientras echaban al agua las chalupas—. Desgraciadamente, no podemos ser generosos, y ese magnífico vapor irá a reunirse con los otros en el fondo del mar de la Malasia.

Descendió a la lancha de vapor y se dirigió al *steamer*, seguido por cinco chalupas ocupadas por setenta hombres, entre malayos y dayacos. El *steamer* se había detenido cerca del *Rey del Mar*. Era un imponente buque, en el que viajaban muchos pasajeros, quienes, mudos y aterrados, esperaban ansiosamente a que abordaran los corsarios. El capitán, rodeado de sus oficiales, no había abandonado el puente.

Yáñez fue el primero en subir a bordo. Pasó por entre la multitud allí reunida, y se dirigió hacia el puente de mando. Una vez allí, le dijo al capitán del *steamer*, que no se había movido para salir a su encuentro:

—Señor, no es usted muy cortés con un hombre que hubiera podido cañonearlo.

—Hágalo, si quiere —contestó, fríamente, el capitán—. Yo no me opongo. Pero piense, sin embargo, que a bordo de mi barco hay más de quinientas personas; entre ellas, muchas mujeres, muchos niños y muchos hombres que no son ingleses.

—¿Tienen suficientes chalupas para todos, incluso la tripulación?
—Sí.
—La costa de Borneo no está lejos, y el mar no da por ahora señales de encresparse. Mande embarcar a todos y váyanse, porque el vapor, desde ahora, no le pertenece a nadie más que a mí.

—Mis marineros y los pasajeros son dueños de abandonar el barco... Yo me quedaré aquí, suceda lo que suceda —dijo el inglés—. ¡Yo no cedo ante los piratas de Mompracem!

—¡Ah! ¿Sabe quiénes somos? ¡Magnífico! ¡Lo hundiremos con el barco!

—¡Qué! ¿Lo hundirán?
—Señores, les concedo dos horas. Y aquí espero, reloj en mano.

—Repito que yo no saldré del barco —respondió con obstinación el inglés—. ¡Me hundiré con él!

—Si antes no lo sacamos a la fuerza del puente de mando —dijo Yáñez, impaciente.

El portugués iba a volverse hacia sus hombres, que ayudaban a los marineros del vapor a echar las chalupas al agua, cuando vio que avanzaba hacia él un hombre pequeño, chueco, con la barba cuidadosamente afeitada, que protegía los ojos tras unas antiparras ahumadas.

—Comandante —le dijo el desconocido, quitándose rápidamente el sombrero y desabrochándose una larga zamarra[38] de paño oscuro, que parecía no molestarlo, a pesar del intenso calor—. ¿Usted es uno de esos famosos piratas de la Malasia?

—Uno de los jefes —contestó Yáñez, mirando con curiosidad a aquel hombrecito panzón.

—Entonces, lléveme con usted, porque yo estaba tratando de encontrar un barco que me llevase a Mompracem.

—Nosotros no vamos a esa isla. Pero debo informarle que no embarcamos más que hombres de mar y de guerra.

—Yo deseo ir con ustedes para combatir contra los ingleses. Conozco, señor, todas las maravillosas empresas y aventuras que ustedes han llevado a cabo.

—¡¿Usted?! —exclamó Yáñez, con acento burlón.

—¿No sabe quién soy?

—No.

—Yo soy el demonio de la guerra, o, si le parece mejor, el doctor Paddy O'Brien, de Filadelfia. En fin, un hombre que puede causar grandes perjuicios a los ingleses. Ésta es la razón por la que usted no se opondrá a que me embarque en su crucero, junto con mi equipaje. Voy a prestarles muy valiosos servicios, no lo dude. Tan grandes, que asombrarán al mundo entero... y también lo harán temblar.

---

[38] Prenda hecha de piel con la lana o con el pelo.

15
La última travesía

Yáñez escuchó pacientemente a aquel hombrecito que se proponía hacer temblar al mundo, mirándolo con curiosidad y cierta ironía. Se preguntaba si tendría ante él a algún hombre de ciencia, poseedor de un secreto increíble, o simplemente a un loco.

Cuando vio que el portugués no se decidía a contestarle, y adivinando lo que pensaba, el hombre le dijo:

—Usted imagina que el doctor Paddy O'Brien tiene el cerebro trastornado, ¿no es cierto, señor? O que, por lo menos, tiene ganas de divertirse. No, comandante, le aseguro que no. Yo hice un descubrimiento prodigioso, que producirá terribles resultados.

—Continúe —dijo Yánez; la cuestión empezaba a divertirlo.

—¿Sabe que he encontrado el medio de encender la lámpara eléctrica sin necesidad de cables? En Chicago llevé a cabo experimentos extraordinarios, a distancias de tres y cuatro mil metros.

—Esas experiencias me interesan poco, mi querido señor Paddy O'Brien. Para aniquilar a nuestros adversarios, nos bastan nuestros cañones.

—¿Y qué haría usted si yo le dijese que también hallé el modo de encender los barriles de pólvora a cierta distancia?

—¡Ah! —exclamó Yánez, sacando del bolsillo un cigarro, y encendiéndolo a continuación—. ¡Eso sí que sería un descubrimiento asombroso, admirable!

—Le parece imposible, ¿verdad, comandante? —dijo el hombre de ciencia.

—No lo he visto todavía, y, por lo tanto, no debo creer ni dejar de creer.

—Y ahora, ¿accederá a embarcarme? Si usted se niega, desembarcaré en Bruni, e iré a ofrecer mi secreto a los ingleses.

—Si usted tiene ganas de hacer una excursión a través de los mares de la Malasia a bordo del *Rey del Mar*, no me opongo. Pero va a ser testigo de cosas tremendas, que le pondrán la piel de gallina en más de una ocasión. Además, le advierto que lo pondremos bajo la guardia de hombres fieles e incorruptibles hasta el instante en que se haga la demostración de su asombroso, maravilloso y terrible descubrimiento. Nunca se sabe... En un momento de malhumor, usted podría hacer la prueba contra nosotros y volarnos la santabárbara.

—¡Haga lo que quiera!

—¡Ah! Y su equipaje quedará secuestrado, porque, seguramente, debe contener el secreto de esa diablura espantosa. Yo mismo lo vigilaré.

—No me opongo.

—Todavía debo añadir algo más: mandaré preparar especialmente una buena cuerda para ahorcarlo sin contemplaciones si, por casualidad, a usted se le ocurre hacer algo en contra nuestra. ¿Entendido, señor demonio de la guerra?

—Perfectamente —respondió el norteamericano.

—¿Acepta estas condiciones?

—Acepto, comandante.

—Pero no le diga a nadie que usted es pariente de Belcebú. Nuestros hombres son gente decidida y valerosa; pero podrían asustarse si supieran que he embarcado al demonio de la guerra. ¡Doctor, mande a buscar su equipaje!

Mientras esta extraña conversación tenía lugar, los pasajeros habían abandonado el *steamer*, agolpándose atropelladamente en las chalupas, en las cuales se habían embarcado víveres suficientes para poder llegar a las costas de Borneo sin correr el peligro de tener que soportar el hambre y la sed. Sin embargo, no se habían alejado mucho, esperando a su capitán. Pero éste seguía negándose obstinadamente a salir del barco, a pesar de los ruegos de su oficiales y de las intimidaciones de Yáñez y de sus hombres. En vez de irse, aquel valiente marino se había sentado tranquilamente en una mecedora que mandó subir al puente de mando, y se había puesto a fumar su pipa con una calma que dejó asombrados incluso a los malayos. Ante la amenaza de Yáñez de hacerlo embarcar por la fuerza, contestó con un simple encogimiento de hombros.

Admirado ante aquella presencia de ánimo, y antes de dirigirse a sus hombres para que obligaran al capitán a deponer su actitud, el portugués mandó un aviso a Sandokán acerca de lo que sucedía.

—¡Ah! ¿No quiere abandonar su barco? —respondió el Tigre de la Malasia, que estaba a una distancia desde la se lo podía oír—. ¡Que se quede, ya que así lo desea!

Ordenó a las chalupas que se alejasen enseguida, amenazándolas con hundirlas, y no volvió a preocuparse de aquel hombre.

—¿Dejaremos que vuele con su barco? —preguntó Yáñez.

—Ahora examinaremos las carboneras, que deben de estar casi vacías, pues ese barco estaba a punto de terminar su viaje. Te envío un refuerzo de cien hombres, para que no pierdas demasiado tiempo. Nos encontramos demasiado cerca de Bruni, y podrían sorprendernos.

En efecto, las carboneras del *steamer* estaban prácticamente agotadas, porque el buque debía volver a aprovisionarse de combustible en Bruni antes de proseguir su camino para los mares de la China. No quedaban más que unas cuantas toneladas de carbón, una cantidad absolutamente insuficiente para completar las provisiones del *Rey del Mar*, que había consumido demasiado durante su precipitada huida.

Sin embargo, fueron necesarias cuatro horas para transportar el carbón al crucero, junto con una cantidad considerable de víveres y la caja de a bordo, que se hallaba repleta.

Durante el saqueo, el capitán inglés no dejó su puesto ni hizo ningún intento de protesta. Siguió fumando con una calma realmente admirable, e incluso se dignó aceptar un vaso de whisky que Yáñez le ofreció, y lo sorbió lentamente, con una tranquilidad perfecta.

En cuanto se alejaron las últimas chalupas cargadas de carbón, Yáñez se acercó al inglés y, luego de saludarlo cordialmente, le dijo:

—Señor, nosotros hemos terminado.

—Entonces, a mí también me toca terminar de vivir —respondió el comandante del *steamer*.

—Pongo a su disposición mi bote, bien abastecido de víveres. Y asimismo una vela, para que se pueda reunir con las chalupas antes de que lleguen a la costa. Mire: la brisa es favorable, sopla del Oeste.

—Ya dije que yo no abandono mi barco, y mantengo mi palabra. Hace seis años que vengo mandando este *steamer* a través del océano, y lo quiero demasiado como para abandonarlo. Si va a irse al fondo, yo me iré con él.

—Por lo menos, dígame qué muerte prefiere. Pensaba hacerlo volar encendiendo una tonelada de pólvora. Pero si a usted le parece mejor que lo hundamos con una bala de cañón... Se hundirá lentamente y tal vez usted pueda arrepentirse de su decisión, antes de que la nave estalle bajo las olas.

—Me es indiferente. Haga como más le guste.

—¡Adiós, señor! ¡Es usted un valiente!

—¡Adiós, comandante, y buena suerte! —respondió el inglés, con ironía—. ¡Ah! ¡Tengo que pedirle un favor!

—Diga.

—Que, si tiene ocasión, comunique a los armadores de Bombay que Jolin Koope ha muerto, como un verdadero hombre de mar, a bordo de su barco.

—Lo haré; se lo prometo. Dentro de diez minutos tendré el honor de dispararle.

—Para entonces, ya habré terminado de fumar mi pipa.

Se separaron. Yáñez descendió inmediatamente a la ballenera, que lo aguardaba al pie de la escala, y el inglés, siempre impasible, volvió a sentarse en la mecedora, después de haber izado la bandera inglesa.

—Y ése... ¿no quiere moverse? —preguntó Sandokán, en cuanto Yáñez pisó la cubierta del crucero.

—Es un terco digno de ser admirado —respondió el portugués—. Quiere hundirse con su buque. ¿Estás de acuerdo?

—Todavía no nos pusimos en marcha —dijo Sandokán, sonriendo.

Se acercó a la popa, donde se encontraba el viejo artillero norteamericano, y le susurró al oído algunas palabras.

Poco después, el crucero viraba y avanzaba a poca velocidad hacia el *steamer*. El inglés seguía fumando, a la espera del cañonazo que debía hundir su barco. Sandokán se dirigió a la proa y lo miró sonriendo.

El *Rey del Mar*, guiado por Sandokán, pasó a treinta pasos de la popa del vapor, y aminoró la marcha.

Entonces, Sandokán tomó el portavoz y le gritó al inglés:

—Señor, quisiera pedirle un favor. Si usted llega a tener oportunidad de volver a ver a sus armadores, dígales que los tigres de Mompracem respetaron su barco porque lo mandaba un valiente. ¡Buena suerte!

Después, mientras la bandera de Mompracem saludaba al inglés, se alejó velozmente hacia el Norte.

El prudente Sandokán no quiso entretenerse demasiado en aquellos lugares tan cercanos a Labuán, pues temía quedar entre la escuadra de la colonia y los cuatro cruceros, los cuales deberían de estar buscándolo encarnizadamente. De modo que decidió dirigirse hacia las costas del Norte de Borneo, para lanzarse sobre los barcos procedentes de Australia.

Era imposible —o, por lo menos, muy difícil— que los ingleses llegasen a imaginar que se había alejado tanto del golfo de Sarawak. Además, estaba seguro de que podría sorprender algunos barcos australianos antes de que los armadores suspendieran los viajes.

Como deseaba permanecer por completo ignorado, se alejó de las rutas seguidas habitualmente por los barcos y, de repente, un día se encontró a cuarenta millas de la punta Norte de Borneo.

Fue un crucero que duró sólo seis días y, sin embargo, ¡cuántos desastres sufrió la marina mercante inglesa en ese breve tiempo! Dos vapores y tres veleros cayeron en manos de los implacables tigres de Mompracem, y sufrieron la misma suerte que los que habían sido capturados en el mar de la Malasia.

Las tripulaciones y los pasajeros quedaban en libertad para ponerse a salvo en las costas de las islas más próximas, pero los barcos eran hundidos, invariablemente, con sus respectivos cargamentos casi íntegros.

A través de algunos praos se enteraron de que la escuadra de los mares de China, alarmada por tantas capturas, estaba reuniéndose. En vista de estas novedades, el *Rey del Mar*, con las carboneras bien repletas, volvió a tomar rumbo hacia el interior del océano, y descendió hacia el Sur.

Sandokán y Yáñez querían destruir los magníficos *steamers* que realizaban el servicio entre la India y la baja Conchinchina. Sandokán se hallaba nuevamente dominado por un terrible deseo de hundir, y parecía que en él resucitaba el sanguinario pirata de otros tiempos. Sabiendo que, tarde o temprano, iba a encontrarse frente a alguna de las poderosas escuadras que el Almirantazgo había lanzado tras él, quería dar un golpe mortal al comercio inglés, y asombrar al mundo con su audacia.

—Nuestros días están contados —les había dicho a Yáñez y a Tremal-Naik—. Dentro de pocos meses ya no encontraremos ningún barco inglés que nos provea de combustible. Mientras tanto, aprovechemos; después sucederá lo que decida la suerte.

—Encontraremos otros barcos que nos aprovisionarán —había dicho Yáñez—, porque obligaremos a los de otras nacionalidades a que nos vendan el carbón, aun cuando haya que recurrir a la violencia.

—¿Y después?

—¿No estoy yo aquí, para después? —dijo, detrás de ellos, una voz de gallina clueca—. ¡Mi asombroso invento destruirá a todos los barcos que traten de atacarnos!

Era el doctor Paddy O'Brien, de Filadelfia, el demonio de la guerra, de quien nadie se había acordado hasta ese momento.

—¡Ah! ¿Es usted? —dijo Yáñez, sonriendo un poco burlonamente—. ¿Usted, que en el momento del peligro, detendrá los proyectiles que lancen contra nosotros?

—No, señor; se equivoca: yo no detendré los proyectiles —contestó el hombrecillo, enojado—. Lo que haré será volar los polvorines de los buques que nos ataquen. Mi aparato no fallará.

—Estoy convencido de que eso es posible —dijo en aquel momento el ingeniero Horward—. Mi compatriota me explicó en qué consiste su invento y, aunque la cosa parezca increíble, creo que, en efecto, puede hacer volar los buques que nos persigan.

—Ya veremos —dijo Sandokán, con un dejo de duda—. Si continuamos bajando hacia el Sur, el día menos pensado nos encontraremos con nuestros adversarios. Para entonces, usted debe tener lista su maravillosa máquina, señor Paddy.

El *Rey del Mar* siguió, durante dos das más, su ruta hacia el Sur y enderezando la proa mar adentro. No logró descubrir ni un solo vapor en ninguna dirección. Los armadores ya debían de haber dado las órdenes oportunas para que sus barcos se detuviesen en los puertos de las islas de la Sonda, con el fin de no exponerlos al riesgo de que los hundiese el audaz corsario, que, hasta entonces, con sus rápidas correrías y con sus desapariciones súbitas, había podido huir de la caza que le daban las escuadras. La interrupción de las líneas de navegación seguramente les estaba causando a los ingleses unas pérdidas enormes. ¿Qué le pasará al *Rey del Mar* cuando desaparezca, en las ardientes bocas de sus hornos, la última tonelada de carbón?

—No se me ocurrió pensar que el arma que yo manejaba tuviese doble filo —murmuró un día Sandokán—: uno para los ingleses; y otro, para mí.

Habían recorrido ya quinientas millas y el *Rey del Mar* se acercaba a las costas de Malaca, sin que hubiese asomado ningún barco inglés. Es verdad que habían visto algunos buques; pero eran alemanes, italianos, franceses y holandeses; barcos que más bien constituían un peligro, porque podían notificar al Almirantazgo cuál era el rumbo del corsario, por temor a que éste cualquier día se volviese contra ellos.

Sandokán y Yáñez comenzaban a preocuparse. Comprendían instintivamente que los días estaban contados para Él *Rey del Mar*, y que el círculo de hierro iba a cerrarse en torno de los últimos tigres de Mompracem. Con frecuencia, Kammamuri y Tremal-Naik los sorprendían con la frente pensativa y la mirada torva. Otras veces, los veían mirando largamente a Darma y a Surama, y luego movían la cabeza tristemente, como si sintieran remordimientos por haberlas embarcado para envolverlas en una catástrofe tremenda, de la cual ya no dudaban.

—Oye, muchacha —dijo un día Yáñez, mientras Darma contemplaba el horizonte, enrojecido por los últimos rayos del sol poniente, como si esperase ver aparecer al hombre que amaba—, ¿tienes miedo a la muerte?

—¿Por qué me hace esa pregunta, señor Yáñez? —interrogó la joven angloindia, sonriendo con tristeza.

—Porque me parece que pronto va a sonar nuestra última hora.

—¡Cuándo mueran ustedes, nosotras los seguiremos a los abismos del mar! —respondió Darma.

—¡Sí, yo no dejaré al sahib blanco que me ama! —dijo Surama, mirando dulcemente al portugués.

—Sin embargo, quiero librarlas de la muerte antes de que las toque con sus alas heladas¼ Y Sandokán piensa igual que yo. Nosotros marchamos ahora hacia Malaca, y podemos sacrificar las últimas provisiones de carbón para dejarlas a ustedes en aquellas playas.

Darma y Surama negaron enérgicamente con las cabezas.

—¡No! —dijo la primera, con voz decidida—. ¡Yo no quiero dejar a mi padre ni a ustedes, suceda lo que suceda!

—¡Ni yo me separaré de ti, sahib blanco, a quien debo la libertad y la vida! —dijo Surama.

—Darma, piensa que algún día podrás ser una esposa feliz, uniéndote a un hombre que te ama con pasión y a quien yo estimo en todo lo que vale.

—¡A esta altura, sir Moreland ya me habrá olvidado! —respondió la muchacha, lanzando un profundo suspiro.

—Piensa también que, de un momento a otro, puede caer sobre nosotros la escuadra de los aliados, y encerrarnos en un círculo de fuego. Y piensa, además, que eres mujer.

—¡No, señor Yáñez! —dijo Darma, más fieramente—. ¡Nosotras no vamos a abandonarlos! ¿Verdad, Surama?

—¡Yo seré muy feliz muriendo al lado de mi sahib blanco!

Yáñez la acarició la larga cabellera negra, y después dijo:

—¡Bah!... Quizá... todavía no estamos vencidos.

16
El hijo de Suyodhana

No, los últimos tigres de Mompracem no habían sido vencidos todavía. Pero estaban amenazados de ser derrotados en un breve plazo, pues ya no sabían dónde proveerse del combustible que les era tan necesario, al igual que la pólvora. El carbón disminuía; las carboneras estaban casi vacías; la esperanza de encontrar algún barco se alejaba cada vez más. Era preciso tomar una decisión suprema, y Sandokán y Yáñez la tomaron inmediatamente, de acuerdo con Tremal-Naik y el ingeniero norteamericano.

De mutuo acuerdo, decidieron dirigirse directamente a la isla de Gala, donde se habían reunido los praos en espera de que terminara la guerra. No iba allí con la esperanza de aprovisionarse de combustible, sino para tener siquiera el apoyo de aquellos veleros en el momento culminante; y, al mismo tiempo, para enviar a algunos a cargar en Bruni. Como se trataba de pequeñas embarcaciones mercantiles que podían enarbolar cualquier bandera, nadie les pondría obstáculos cuando quisieran embarcar carbón.

La dificultad estaba en poder llegar hasta la isla —que se encontraba a más de cuatrocientas millas de distancia—, antes de que la escuadra aliada, que ya debía de haberse alejado de las aguas de Sarawak, cayese sobre el *Rey del Mar*, lo sorprendiera con la caldera medio apagada, y lo obligara a aceptar un combate contra fuerzas enormemente superiores. Por el momento, no parecía que los amenazase ese enorme peligro. Por la mañana, una navecita procedente del Sur les había dicho que no había visto ningún barco de guerra en las aguas de Labuán ni en las de Bruni.

Terminada aquella breve deliberación, el *Rey del Mar* puso rumbo al Nordeste. Debieron pasar muy lejos de Mompracem, y se mantuvieron al Oeste de los dos grandes bancos de Samarang y de Vernon. Para economizar al máximo el carbón, apagaron la mitad de los fuegos; de este modo, el crucero avanzaba solamente con una velocidad de seis nudos por hora.

Sandokán, que estaba más nervioso que Yáñez, se sentía, además, de un pésimo humor. Se lo veía pasear horas enteras por la pasarela de mando, escrutando con gran ansiedad el horizonte, y poseído de una preocupación cada vez mayor. Ya no era el hombre tranquilo e impasible de otros tiempos, seguro de su barco y de su artillería, que se reía de los peligros y que los afrontaba con la sonrisa en los labios, fumando con aire despreocupado.

Varias veces al día bajaba a las carboneras, ya casi agotadas, se detenía ante los hornos, ante aquellas bocas hambrientas que pedían alimento con insistencia, y experimentaba en el corazón una opresión terrible, cada vez que los fogoneros echaba paladas de combustible entre las llamas casi moribundas. Cuando salían de allí, su frente parecía tempestuosa y sombría; y se ponía a pasear de nuevo, con aire taciturno y durante largo rato, entre las torres de popa y de proa, con los brazos cruzados y la cabeza inclinada, sin dirigirle la palabra a nadie.

Nada más que doscientas treinta millas separaban al *Rey del Mar* de las costas occidentales de Borneo, cuando comenzó a esparcirse a bordo una tremenda noticia. Un pequeño velero, al ser interrogado, dio una respuesta que hizo temblar a toda la gente del corsario.

—¡Cruceros ingleses al Suroeste!
—¿Cuántos?
—Dos.
—¿Cuándo los vieron?
—Ayer a la tarde.

Era preciso huir. Aquellos dos barcos debían de ser la vanguardia de alguna escuadra; podían llegar de un momento a otro, y descubrir al *Rey del Mar*.

—¡Quememos las últimas reservas de combustible! —le había dicho Sandokán a Yáñez.

—¿Y después?

—¡Estaremos dispuestos para combatir!

El *Rey del Mar* apresuró la marcha. Huía a toda prisa, haciendo doce nudos por hora, sacrificando las últimas toneladas de combustible, con una pequeña esperanza: la de encontrar algún buque mercante y quitarle el carbón antes de que llegase la escuadra. A bordo se habían redoblado las guardias. Hombres de ojos de lince vigilaban en las cofas.

Mientras tanto, Sandokán había dado la orden de prepararse para la batalla, que, según todas las probabilidades, iba a ser la última, a menos que ocurriera algún milagro.

Faltaban todavía ciento cuarenta millas. La velocidad disminuía, las carboneras estaban vacías y las calderas se enfriaban minuto a minuto. Se aproximaba el momento terrible. Y, sin embargo, todos estaban tranquilos a bordo, porque hacía mucho tiempo que habían entregado sus vidas en sacrificio. Nadie temía a la muerte que los amenazaba, y miraban impasibles las aguas que se convertirían para ellos en una sepultura.

Una sola cosa lamentaban: morir lejos de Mompracem.

A las ocho de la noche, el *Rey del Mar* se detuvo casi encima de la gran cuenca del Vernon. Todo lo que podía generar calor había sido devorado por los implacables hornos de las máquinas. Los barriles de alquitrán, las cajas de cáñamo empapado en licor, las materias grasas de la despensa, los muebles de las salas... hasta las hamacas y las posesiones de los tripulantes. Si hubieran podido transformar en combustible las paredes metálicas del barco, aquellos hombres no hubieran dudado en arrojarlas al fuego, con tal de llegar hasta las costas de Borneo, todavía lejanas...

Al notar que el buque se detenía, Sandokán había ido directamente hacia la popa, que se encontraba más sombría que nunca, y allí se apoyó en la borda. No había dicho una sola palabra ni hecho ningún gesto. Encendió la pipa, y fumó con más furia que de costumbre, fijando los ojos en el horizonte, que se envolvía rápidamente en tinieblas.

Yáñez imitó a Sandokán.

De aquella parte venía el peligro. Y lo presentían: terrible, formidable, abrumador, implacable.

La oscuridad se había hecho completa y teñía las aguas de un color casi negro. En el cielo había muy pocas estrellas: apenas se veían, en medio de los jirones de nubes que se deslizaban impulsados por la brisa del mar.

Desde que la máquina había dejado de funcionar, a bordo reinaba un silencio profundo. Y, sin embargo, los doscientos cincuenta hombres que componían la tripulación del crucero estaban en la cubierta: unos, sobre las amuras, otros, detrás de los gigantescos cañones de las torres... Pero ninguno hablaba.

A eso de la medianoche, Tremal-Naik se acercó a Sandokán, que no había abandonado su puesto.

—Amigo mío —le dijo—, ¿qué es lo que nos falta hacer?

—¡Prepararnos para morir! —contestó el Tigre de la Malasia con voz tranquila.

—Yo estoy dispuesto. ¿Y las muchachas?

En lugar de responderle, Sandokán extendió la mano derecha hacia el Oeste y dijo:

—Allí están. ¿Los ves?

—¿Quiénes, Sandokán?

—Los barcos enemigos.

—¡Ah! —murmuró el hindú, sin poder reprimir un estremecimiento.

—Corren hacia aquí como fieras para aniquilar a los últimos tigres de la Malasia. Sus miradas ya están fijas en nosotros.

Tremal-Naik puso la vista en la dirección indicada, mientras los hombres de guardia gritaban:

—¡Barcos a popa!

Brillaban varios puntos allá, en el horizonte, que se iban agrandando rápidamente.

—¿Están preparados nuestros hombres? —preguntó Sandokán.

—Sí —contestó Yáñez, que estaba cerca de él.

—¿Y las muchachas? —preguntó, temblando ligeramente.

—Están tranquilas.

—¡Quisiera salvarlas!

—¿Y qué deberíamos hacer para conseguirlo?

—Embarcarlas en una chalupa y alejarlas de aquí, antes de que nos rodeen los barcos enemigos.

—Se negarán. Me han jurado que, si tenemos que morir, ellas se hundirán con nosotros.
—¡Aquí está la muerte!
—La esperan.
—¡Sálvalas, Yáñez!
—Te repito que no quieren dejarnos. No insistas.
—¡Bien, que así sea! ¡Si morimos, caeremos sin habernos vengado! ¡Adelante, tigres de Mompracem!

Los barcos enemigos corrían a toda máquina, formando un amplio semicírculo, que más tarde debía cerrarse para atrapar en el medio al *Rey del Mar* y enviarlo, deshecho por las innumerables bocas de sus cañones, al fondo del océano.

Sandokán y Yáñez, quienes, al llegar el momento supremo del peligro habían vuelto a recobrar la calma habitual, daban las órdenes con voz tranquila. En cuanto vieron que todos sus hombres estaban en sus correspondientes puestos de combate, subieron a la pasarela de mando. En el palo de popa, hicieron enarbolar la bandera roja con la cabeza de tigre en el centro.

Varios haces de luz procedentes de los barcos enemigos, que habían encendido sus potentes reflectores, se concentraron sobre el *Rey del Mar*, iluminándolo como si fuese de día.

—¡Sí, mírennos, somos nosotros! —exclamó Sandokán.

Cuatro grandes buques de vapor, sin duda los más poderosos de la escuadra de los aliados, se habían colocado silenciosamente en semicírculo alrededor del crucero y lo amenazaban con su artillería. Sin embargo, no dispararon. Esperaban a que fuese de día para empezar la lucha suprema, o para exigir la rendición... palabra que no existía en la lengua del pirata.

Darma se había acercado en silencio a la popa. Estaba muy pálida, pero tranquila, como el resto de la tripulación. Su mirada vagaba con insistencia de un barco al otro. ¿Qué buscaba? Era indudable: a sir Moreland. Una voz interior le decía que el hombre amado debía de estar cerca, en uno de aquellos poderosos acorazados que iban a demoler al impotente *Rey del Mar*.

Mientras tanto, los buques aliados, que habían apagado los reflectores eléctricos, giraban lentamente alrededor del crucero, estrechando cada vez más el cerco. Desfilaban como fantasmas de una noche tenebrosa, y parecía que sus faroles, como ojos llameantes, se clavaban de un modo sangriento sobre su víctima. Sin embargo, no estaban al alcance de la artillería gruesa. Seguros ya de que no se les escaparían los tigres de Mompracem, no se apresuraban a acercarse demasiado.

A eso de las dos de la mañana, Sandokán y Yáñez, que no habían abandonado su puesto, descendieron lentamente de la pasarela y se dirigieron hacia el centro del barco. Estaban fríos e impasibles, como siempre. Se acercaron a Tremal-Naik, que observaba a su hija con una mirada llena de inquietud, mientras ella vagaba como un fantasma por el castillo de popa,

—Amigo —le dijo Sandokán con acento triste—, aquí se hundirán mañana en el abismo los últimos tigres de Mompracem.

Tremal-Naik sintió un estremecimiento y levantó animosamente la cabeza.

—¿Crees que esos cruceros podrán vencer a un barco tan poderoso como el tuyo? —preguntó.

—Son los cuatro grandes cruceros que trataron de apresarnos en la bahía de Sarawak. Estamos seguros de que no nos equivocamos.

—¿Y podrán hundir a tu *Rey del Mar*?

—Estoy completamente convencido de eso.

—Y yo también —dijo Yáñez—. Esos buques deben de tener una artillería formidable, y, además, son cuatro.

—Y nosotros no podemos movernos —añadió Sandokán.

—En resumen, ¿qué ibas a decirme? —preguntó el hindú.

—Proponerte que te vayas a bordo de uno de esos barcos y que te rindas, llevándote a tu hija y a Surama.

Tremal-Naik se enderezó, haciendo un gesto de sorpresa y de dolor al mismo tiempo.

—¡¿Yo, alejarme de ustedes?! —exclamó—. ¡Oh, no, nunca! ¡Si mueren aquí los últimos tigres de Mompracem, a quienes les debo la vida y toda mi gratitud, morirán también el antiguo cazador de jaguares negros y su hija!

—Pero yo debo advertirte que tu hija ama a un hombre que podría hacerla feliz y es amada por él —dijo Sandokán.

—Sir Moreland, ¿no es cierto? —dijo Tremal-Naik—. ¡Ya me había dado cuenta! ¿Ya le han dicho a Darma el grave peligro que corremos?

—Sí —respondió Yáñez.

—¿Y qué les contestó?

—Que no abandonará nuestro barco.

—¡No podía contestar de otro modo! —añadió el hindú, con orgullo—. ¡No desmiente su sangre! ¡Si el destino ha señalado nuestro fin, que se cumpla el destino!

Se estrecharon las manos, y los tres se dirigieron hacia el puente de mando.

De pronto, Yáñez se detuvo y lanzó un grito:

—¡Qué estúpido! ¡Y yo que me había olvidado de él!

—¿De quién? —preguntaron a un tiempo Sandokán y Tremal-Naik.

—¡Del demonio de la guerra!

Una insensata esperanza había renacido en la mente del portugués. En aquel momento se acordó del hombre de ciencia norteamericano, de Paddy O'Brien, a quien llevaban como prisionero en uno de los camarotes de proa, y vigilado noche y día. Descendió rápidamente bajo cubierta, atravesó el corredor, y se detuvo ante la pequeña habitación que ocupaba el hombrecito.

—¡Despierta al prisionero! —le ordenó al malayo de guardia.

—Está levantado, señor Yáñez.

El portugués abrió la puerta y entró en el camarote. Paddy O'Brien estaba sentado delante de una mesita, y parecía sumergido en un cálculo muy complicado, con la nariz hundida en un montón de papeles llenos de cifras.

—¿Es usted, señor De Gomera? —dijo el doctor, sujetándose los anteojos—. ¿Qué viento lo trae por aquí? Hace mucho tiempo que no le veía, y ya lo estaba esperando.

—Doctor —dijo el portugués, sin andarse con vueltas—. Los barcos enemigos nos rodearon, y estamos a punto de que nos hundan.

—¡Ah! —dijo el norteamericano, sin desconcertarse lo más mínimo.

—Usted me dijo que posee un secreto terrible...

—Y confirmo lo que le dije.

—Entonces, ha llegado el momento de poner a prueba ese secreto, señor demonio de la guerra.

—Ordene que suban mis cajas a cubierta.

—¿No hará saltar nuestro barco en lugar de los del enemigo? —preguntó Yáñez, un poco inquieto.

—Saltaría yo también, al igual que usted... y por ahora no tengo ganas de morir —respondió el doctor—. Señor De Gomera, aprovechemos estos momentos de calma.

Subieron a la cubierta, y los marineros, por su parte, llevaron las cajas del doctor.

—Allí están los buques aliados —dijo Sandokán, acercándose al hombrecito.

—Sí, veo que nos han rodeado —respondió Paddy O'Brien, arrugando el entrecejo—. ¡Ese barco es el que va a saltar primero!

Un pequeño crucero que en un principio no había sido visto, se destacó del grueso de la escuadra, y comenzó a dar vueltas alrededor del *Rey del Mar*, manteniéndose siempre a una distancia de dos o tres mil metros. ¿Iba a hacer un reconocimiento o a provocar a los piratas de Mompracem?

Paddy O'Brien hizo abrir sus cajas, que contenían aparatos eléctricos, totalmente desconocidos para Yáñez y Sandokán. Examinó con mucho cuidado cada objeto, sin apresurarse, como quien está seguro de lo que tiene que hacer. Después, volviéndose hacia Yáñez, que lo vigilaba con la mano derecha apoyada en la culata de la pistola, le dijo:

—¡Cuando usted quiera!

—¡Haga funcionar su aparato!

—Sobre aquel buque que pasa por estribor... ¡Saltará en el acto! —dijo Paddy, fríamente.

Por el interior de todos los marinos que rodeaban al norteamericano corrió un estremecimiento. Aquel hombre tan pequeño, ¿sería capaz de realizar el milagro que anunciaba?

—¡Atención! —gritó, de pronto, el demonio de la guerra.

Apenas había pronunciado esta palabra, cuando un relámpago deslumbrante rompió bruscamente las tinieblas, seguido de una espantosa detonación. Una enorme columna de agua se alzó en torno del pequeño crucero, mientras que una tempestad de astillas y fragmentos caía por todas partes. Un inmenso griterío, salido de centenares de pechos, resonó lúgubremente en los aires, y se extinguió súbitamente. El barco había estallando, y se hundía con rapidez, pues tenía los costados abiertos.

En aquel mismo instante una granada estalló sobre el puente del *Rey del Mar*, entre el aparato y Paddy O'Brien. El norteamericano lanzó un grito y cayó prácticamente a los pies de Yáñez, el cual había escapado milagrosamente de los cascos del proyectil.

—¡Doctor! —dijo el portugués, precipitándose hacia él.

—El... el... apa... —murmuró el desdichado inventor, agitando los brazos con un movimiento desesperado.

Se llevó las manos al pecho para contener la sangre que se le escapaba por la herida.

Sandokán se había lanzado hacia las cajas. Al verlas, dio un grito de desesperación. La granada había destrozado el aparato, y había hecho añicos las pilas.

Con mucho cuidado, Yáñez levantó la cabeza al norteamericano.

—¡Señor O'Brien! —dijo, con un sollozo que le oprimía la garganta.

El herido abrió los ojos, y los fijó en el portugués.

—¡Esto... ha... con... clui... cluido! —dijo, roncamente. Con la mano llena de sangre estrechó la de Yáñez. Después, volvió a caer.

—¡Muerto! —dijo Yáñez, con tristeza.

—¡La primera víctima! —exclamó Sandokán.

Yáñez depositó al desgraciado inventor sobre la toldilla, le cerró los ojos, lo cubrió con una lona, y enseguida, irguiéndose fieramente, dijo.

—¡Todo ha terminado! ¡Aquí morirán los últimos tigres de Mompracem! ¡Tremal-Naik, Darma y Surama, vayan a mi torre, y ustedes, a los cañones! ¡Ahora nuestra vida está en las manos de Dios!

—¡A los puestos de combate! —gritó Sandokán—. ¡Demostremos cómo saben morir los piratas de la Malasia!

El alba, un alba de color de rosa que anunciaba un día magnífico, rasgaba rápidamente las tinieblas.

Del crucero más próximo partió un disparo sin bala, exigiendo la rendición.

Por su parte, Sandokán mandó izar la bandera roja, en señal de combate.

En lugar de iniciar el fuego, el crucero enemigo hizo señales con las banderas, transmitiendo el siguiente mensaje: "Antes de que comience el fuego, envíen a las dos jóvenes a bordo de este barco. Sir Moreland responde por sus vidas."

—¡Ah! —exclamó Yáñez—. ¡Tenemos delante de nosotros al angloindio! ¡Procuraremos hundir ese barco también! ¡Darma! ¡Surama!

Las dos muchachas salieron a la torre.

—Proponen que ustedes se pongan a salvo en aquellos barcos —dijo Sandokán.

—¡Nunca! —contestaron enérgicamente las dos jóvenes.

—¡Piénsenlo bien!

—¡No! —dijo Darma—. ¡Yo no quiero dejarlos a ustedes ni a mi padre!

—Comuniquen la respuesta —ordenó Yáñez.

Un contramaestre norteamericano la transmitió inmediatamente.

Entonces, se vio cómo, sobre los mástiles de guerra de los cuatro cruceros, se izaban lentamente cuatro banderas negras. Un golpe de viento las extendió, y pudo distinguirse, en medio de ellas y recortada en amarillo, una figura monstruosa con cuatro brazos, que en las manos sostenía extraños emblemas.

Un grito (de asombro y de furor al mismo tiempo) escapó de los labios de Yáñez, de Sandokán y de Tremal-Naik, Acababan de reconocer la insignia de los *thugs*, la secta de los estranguladores de la India. ¿Acaso aquellos barcos eran del hijo de Suyodhana, su implacable e invisible enemigo? Las banderas parecían confirmarlo.

Un profundo silencio reinó a bordo del *Rey del Mar*, tan hondo había sido el estupor que los invadió. Pero enseguida lo rompió bruscamente la voz metálica de Sandokán, que gritó:

—¡Fuego! ¡Fuego! ¡Fuego!

Espantosas detonaciones cubrieron sus últimas palabras. Las granadas llovían por todas partes sobre el *Rey del Mar*, que el flujo de las aguas iba arrastrando hacia el banco de Vernon.

Un huracán de hierro y de acero salía de cada una de las grandes piezas de la cubierta y de las de mediano calibre de las baterías. Pero no iban dirigidas sobre el puente del *Rey del Mar*, donde, dentro de la torre blindada, se encontraban Darma y Surama. Aquellas masas de metal golpeaban tan sólo los costados del crucero, como si los artilleros hubiesen recibido la orden de respetar a las muchachas, a los dos comandantes y a Tremal-Naik, que estaban con ellas. En cambio, contra las torres que protegían a los grandes cañones de caza, lanzaban sin cesar granadas, tratando de desmontarlos y de cuartear las gruesas planchas de hierro de los parapetos.

El *Rey del Mar* se defendía de un modo terrible. Era como un volcán, que llameaba por todas partes. Los últimos tigres de Mompracem estaban completamente decididos a hacerles pagar muy cara la victoria a sus poderosos enemigos. Atacaban a los barcos adversarios con los grandes obuses, causándoles grandes daños en los puentes, cuarteando las chimeneas y abriendo enormes agujeros en las planchas de la coraza. En medio de aquel ruido incesante y ensordecedor, podía escucharse la voz formidable de Sandokán, que gritaba de vez en cuando:

—¡Fuego, tigres de Mompracem! ¡Destruyan! ¡Maten!

Pero... ¿cuánto tiempo iba a poder resistir el *Rey del Mar* los terribles disparos de tantas bocas de fuego? Sus costados, aunque eran de una solidez extraordinaria, empezaron a ceder al cabo de media hora de estar recibiendo andanadas de balas y granadas. Sus cañones habían sido desmontados uno a uno y reducidos al silencio. Sus torres, a excepción de la de mando, siempre respetada, empezaban ya a desmoronarse bajo aquella lluvia de proyectiles. Los muertos eran ya muy numerosos.

Sandokán y Yáñez, encerrados en la torre, contemplaban aquel terrible espectáculo, con una tranquila serenidad. El primero se mordía de vez en cuando los labios hasta que le sangraban. El segundo fumaba flemáticamente su eterno cigarrillo; sólo parecía conmoverse cuando su mirada se encontraban con las de Surama.

Darma, que estaba sentada en un rincón, sobre un rollo de cuerdas al lado de Tremal-Naik, se tapaba los oídos con las manos, para atenuar el ruido de los cañonazos, y miraba al vacío.

De repente, el *Rey del Mar* dio un salto de popa a proa, como si hubiese sido levantado por una fuerza desconocida, y una columna enorme de agua cayó sobre la cubierta, arrastrando todo lo que había sobre ella. El casco tembló, como si estuviera abriéndose, o como si estallaran las municiones de la santabárbara.

Horward, muy pálido, se precipitó dentro de la torre, mientras gritaba:

—¡Acaban de disparar un torpedo! ¡Nos hundimos!

De las baterías se elevaron unos gritos salvajes, que se confundieron con los últimos disparos de las dos piezas de caza de la cubierta, todavía en servicio.

En los cuatro cruceros enemigos cesó de repente el fuego.

Sandokán dirigió una mirada llena de tristeza a sus dos camaradas, y después dijo:

—¡Ha llegado el momento supremo! ¡Ya está abierta la tumba para los últimos tigres de Mompracem!

Levantó a Darma, y salió de la torre, seguido de Yáñez, de Tremal-Naik y de Surama, y se detuvo en la parte de afuera para contemplar su barco. ¡Pobre *Rey del Mar*! La magnífica nave, que había resistido tantas pruebas y que parecía invencible, ya no era más que un pontón[39] que se iba a pique. Sus torres quedaron destruidas por el huracán de proyectiles lanzados contra ellas; sus cañones estaban casi todos desmontados, el puente se había partido, y los costados parecían coladores con enormes agujeros.

Oleadas de humo salían de las escotillas, de las cuales emergían los hombres de las baterías, negros de pólvora y empapados en sangre.

—¡Lancen una chalupa al mar! —ordenó Sandokán.

No había más que una, que por milagro había escapado ilesa de los tiros del enemigo. Algunos malayos la bajaron precipitadamente, mientras otros arrojaban la escala.

—¡Primero tú con las muchachas, Tremal-Naik! —dijo Sandokán—. No se preocupen por nosotros. Las tripulaciones de los cruceros vienen a recogernos.

Efectivamente, de los costados de los buques victoriosos salían varias embarcaciones que se iban aproximando a fuerza de remos. En la primera iba sir Moreland, que agitaba un pañuelo blanco.

La chalupa en la que iban las dos muchachas, Tremal-Naik, Kammamuri y cuatro remeros, se alejó del *Rey del Mar*, porque el buque se estaba hundiendo.

—¡Y ahora —dijo Sandokán, con un gesto admirable—, abajo, envuelto en mi bandera! ¡Ven, Yáñez, todo se ha terminado!

—¡Bah! —dijo el portugués, echando al aire una bocanada de humo—. ¡No se puede vivir para siempre!

Atravesaron el puente, que estaba obstruido por montones de fragmentos de granadas y de balas, subieron por la escala, y se detuvieron en la plataforma. De lejos, Tremal-Naik, Darma y Surama les hacían señas para que se echasen al agua. Contestaron con una sonrisa, y los

---

[39] Buque viejo, fuera de servicio.

saludaron agitando la mano. Después, Sandokán tomó la bandera roja, la hizo tremolar sobre su cabeza, y se envolvió entre sus pliegues, mientras decía:

—¡Así es como muere el Tigre de la Malasia!

Debajo de ellos, los últimos tigres de Mompracem —que eran aproximadamente un centenar, heridos en su mayoría— esperaban impasibles y silenciosos, con los ojos fijos en los dos jefes, a que los tragara la vorágine, el gran remolino.

El *Rey del Mar* se hundía con lentitud, vibrando levemente, y en el fondo se oía rugir el agua de un modo sordo y profundo.

Las chalupas de los cruceros hacían esfuerzos desesperados para llegar a tiempo de recoger a aquellos náufragos, que se entregaban voluntariamente a la muerte. La de sir Moreland era la primera y perseguía a la chalupa en la que iban Tremal-Naik y las dos muchachas. Se había dado cuenta de que volvían al barco, y sir Moreland comprendió la decisión desesperada que habían tomado sus antiguos amigos.

Sandokán, siempre envuelto en su bandera, los miraba impasible, con una sonrisa en los labios.

Yáñez, con el ceño un poco fruncido, fumaba con la calma de costumbre su último cigarrillo. Cuando las aguas comenzaron a invadir la cubierta, el portugués dejó caer el cigarro casi consumido, y le dijo:

—¡Ve a esperarme en el fondo del mar!

De pronto, cuando ya parecía que el casco iba sumergirse por completo, el descenso se detuvo bruscamente. El flujo que había empujado al buque hacia el Este, lo colocó encima del banco de Vernon, recorriendo más espacio del que podía suponerse, y la quilla, como era lógico, tocó fondo.

En el instante mismo en que las dos chalupas —una tripulada por sir Moreland y seis remeros indostanos, y la otra ocupada por Tremal-Naik y las muchachas con los remeros malayos— llegaban debajo de la escala de babor, el casco del *Rey del Mar* se inclinaba dulcemente hacia estribor, acostándose sobre el flanco. Cuando sir Moreland vio que el barco quedaba inmóvil, se apresuró a subir al puente, seguido por Tremal-Naik y las dos muchachas.

Yáñez se había dado vuelta hacia Sandokán, cuyo rostro se nubló.

—¡Ni siquiera nos quiere la muerte! —le dijo—. ¿Qué vas a hacer?

—¡Vayamos a conocer al hijo del Tigre de la India! —dijo, poniendo la diestra en la empuñadura de oro de su cris—. ¡Que tenga cuidado, porque el Tigre de la Malasia también podría matar al tigrecito!

Se sacó de encima la bandera, bajó lentamente la escalerilla, con la misma majestad con que un rey desciende los peldaños de un trono, y se detuvo delante de sir Moreland, diciéndole:

—Y bien, ¿qué piensa hacer con nosotros?

El angloindio, que estaba sumamente conmovido, se quitó la gorra para saludar a los dos heroicos piratas, y enseguida dijo noblemente:

—Ante todo, señores, permítanme una palabra.

Tomó de una mano a Darma, que había subido a bordo con Surama, y conduciéndola ante Tremal-Naik, le dijo:

—Yo la amo y ella también me ama. Yo no podría vivir sin su hija, y bien saben los dioses de la India cuánto he hecho por olvidarla. Borre usted, con una sola palabra, el río de sangre que nos separa, para que el grito terrible de mi padre asesinado se apague para siempre. ¡Ayer por la noche se me apareció su espíritu, y me ordenó que los perdonase a todos!

—Pero, ¿qué dice usted, sir Moreland? ¿De qué padre está hablando? —preguntó, angustiado, Tremal-Naik.

—Darma, ¿me ama? —preguntó sir Moreland, sin contestarle al hindú.

—¡Sí, muchísimo! — respondió la joven, ruborizándose y bajando los ojos.

—¡Se terminó la guerra entre nosotros! —dijo sir Moreland—. ¡La mancha de sangre ha sido borrada! ¡Tremal-Naik, bendiga a sus hijos!

—Pero, ¿quién es usted? —gritaron al mismo tiempo Yáñez, Sandokán y Tremal-Naik.

—¡Yo soy el hijo de Suyodhana! ¡Vengan! ¡Ahora son mis huéspedes!

Conclusión

Veinte minutos después, los cuatro cruceros abandonaban las cercanías del banco de Vernon, en cuyas arenas iba enterrándose, poco a poco, el casco del valeroso *Rey del Mar*.

A bordo del mayor de aquellos cruceros se habían embarcado todos los sobrevivientes, entre los que se encontraban Kammamuri, Sambigliong y el ingeniero Horward. Y en el salón de la cámara se hallaban reunidos Tremal-Naik, las dos jóvenes, los dos jefes piratas y el hijo de Suyodhana.

Parecía que una gran ansiedad, combinada con una enorme curiosidad, se había apoderado de todo el mundo. Todas las miradas se concentraban en el tigrecito de la India, a quien, hasta unos momentos antes, habían considerado como un oficial de la marina angloindia.

Sir Moreland se sentó al lado de Darma.

—Les debo un par de explicaciones —dijo el hijo del temible jefe de los *thugs*—, que no les desagradará conocer a ninguno de ustedes, ni siquiera a Darma, y que servirán para disculpar la guerra, tan larga y tan obstinada, que he venido haciendo contra ustedes. Cuando alcancé la edad de veinticinco años, mi tutor, que era un indostano de gran saber y de alto rango, me hizo saber que yo no era el hijo de un oficial angloindio, como me había hecho creer hasta entonces, sino del jefe de la secta de los *thugs*, que se había casado en secreto con una señora inglesa, que murió al darme a luz. Confiado a los cuidados de una familia de Gales, establecida desde hacía muchos en Benarés, como si fuese yo, en efecto, huérfano de un oficial de la compañía de la India y educado a la inglesa, ustedes entenderán perfectamente la terrible impresión que sufrí cuando, al cumplir los veinticinco años, me dieron la noticia de que era hijo del jefe de una secta aborrecida por todos los hombres honrados. En el testamento de mi padre, por el que me hacía dueño de ciento sesenta millones de rupias depositados en los bancos de Bombay, me imponía el deber de vengar la muerte del Tigre de la India. Mucho tiempo estuve dudando, pueden ustedes creerme; pero, al fin, la voz de la sangre se impuso, y aunque me repugnaba la idea de convertirme en el vengador de aquella secta, yo, que entonces era oficial de la marina angloindia, me dejé vencer, sobre todo por la terrible influencia que ejercía sobre mí mi tutor. Conocía toda la historia; sabía dónde tenían ustedes su refugio, y me preparé para la guerra, mandando construir cinco poderosos barcos. Como sabía que el gobierno inglés vivía en constante inquietud por culpa de ustedes, que eran vecinos demasiado próximos de Labuán y que el rajá de Sarawak, el sobrino de James Brooke, esperaba, a su vez, la ocasión para vengar a su tío, me apresuré a ofrecer mi ayuda y mis barcos al gobernador de la colonia. Quería capturarlos a todos ustedes para vengar la muerte de mi padre; y mientras me preparaba en el mar, mi preceptor, haciéndose pasar por un peregrino de La Meca, sublevaba a los dayacos del Kabataun. Por suerte, el amor produjo en mí un cambio radical. Poco a poco se fue extinguiendo el odio que sentía contra ustedes. Los ojos de esta muchacha ejercieron sobre mí una fascinación perfecta, y me hicieron ver con horror la desmesura del delito que estaba a punto de cometer, al querer vengar a aquella secta sanguinaria, rechazada por todas las personas de bien. Hace ya muchas noches que no vuelvo a oír el terrible grito de venganza de mi padre. Quizá se haya aplacado su espíritu. Que me perdone; pero yo soy un hombre civilizado y no puedo ser el vengador de los *thugs* de la India. ¡Señor Yáñez, Tigre de la Malasia, quedan en libertad, junto con todos sus hombres! Yo solo los he vencido, y, por lo tanto, yo solo tengo el derecho de condenarlos o de absolverlos, y los absuelvo.

El hijo del *thug* permaneció inmóvil durante un momento y después, girando hacia Tremal-Naik, le dijo:

—¿Quiere ser mi suegro?

—¡Sí! —contestó el hindú—. ¡Sean felices, hijos míos, y que jamás vuelva a quebrarse la paz, ahora que los *thugs* ya no existen!

Los dos al mismo tiempo, el angloindio y Darma se arrojaron en los brazos abiertos de Tremal-Naik.

Kammamuri, que había bajado silenciosamente la cabeza, lloraba emocionado en un ángulo de la sala.

—Señor Yáñez, señor Sandokán —dijo sir Moreland—, ¿adónde desean que los conduzca? Nosotros volveremos a la India. ¿Y ustedes?

El Tigre de la Malasia se quedó un momento pensativo, y finalmente respondió:

—Mompracem ya está perdida, pero en Gala tenemos nuestros praos y nuestros hombres, y allí contamos con amigos muy leales. Llévenos a esa isla, si no es molestia. Allí fundaremos una nueva colonia, lejos de la amenaza de los ingleses —hizo una breve pausa y continuó—: Puede ser que volvamos a vernos en la India algún día. Hace tiempo que vengo acariciando un sueño.

—¿Cuál? —preguntaron Tremal-Naik, Darma y sir Moreland.

Sandokán fijó la mirada en Surama y respondió:

—Tú eres hija del rajá, y te han arrebatado el puesto que te pertenecía. ¿Por qué, muchacha, no vamos a darte un trono, para compartirlo con Yáñez, que dentro de poco será tu marido? ¡Pero ya hablaremos de eso, querida Surama!

Guía de lectura

1. Después de haber leído en la "Introducción" la sinopsis argumental de las cuatro novelas que preceden a *El Rey del Mar* en el ciclo de los piratas de la Malasia. ¿Qué personajes de esas novelas vuelven a aparecer en *El Rey del Mar*? ¿Cómo evoluciona la historia de cada uno de ellos en esta novela? ¿Qué nuevos personajes se agregan?

2. Realice dos listas de personajes. En una, consigne a los personajes ficcionales y, en la otra, a los históricos.

3. ¿Qué acontecimientos históricos sirven de marco a las peripecias que se narran en la novela? ¿Cómo se posicionan, con respecto a ellos, los personajes de Sandokán y sir Moreland?

4. El *Rey del Mar* es el buque corsario que Sandokán comanda en esta novela. ¿Qué características de la embarcación se destacan a lo largo del relato?

5. En las novelas de Salgari, al igual que en las de Julio Verne, se percibe una gran confianza en los adelantos de la técnica. ¿En qué tramos de la novela se manifiesta esa admiración?

6. ¿Qué episodio de la novela se acerca a los postulados de la ciencia ficción?

7. ¿Qué obstáculo técnico deben superar los tripulantes del *Rey del Mar* a lo largo de la travesía? ¿Cuáles son los medios a los que deben acudir para solucionarlo? ¿Qué incidencia tiene ese problema en los últimos capítulos?

8. A lo largo de la novela se plantea constantemente el enigma acerca de la existencia del hijo de Suyodhana, el antiguo enemigo de Sandokán y Tremal-Naik. ¿Cómo se resuelve finalmente ese enigma? ¿Cuáles son los indicios que se desperdigan en la novela, al modo del policial, que le permitirían al lector anticipar esa resolución?

9. Del relato se desprenden algunos datos que permiten reconstruir el código del corsario (por ejemplo, la veneración por el valor del rival). Redacte una lista en la que se explicite ese código. ¿Qué posición ideológica adopta el narrador con respecto a los corsarios? ¿En qué elementos del relato se percibe esa postura?

10. En las novelas de aventura de Salgari es muy frecuente la aparición de una subtrama romántica. ¿Cuál es la historia romántica que se relata en *El Rey del Mar*? ¿Qué incidencia tiene sobre la resolución del conflicto entre Sandokán y sir Moreland?

Índice

Introducción 9
1 - Una excursión nocturna 15
2 - Una jugada audaz 23
3 - Una lucha terrible 35
4 - Sir Moreland 45
5 - A la caza del Rey del Mar 53
6 - El misterio de sir Moreland 65
7 - En el mar de la Sonda 73
8 - La isla de Mangalum 83
9 - La traición de los colonos 97
10 - El retorno del Rey del Mar 109
11 - La travesía del Rey del Mar 119
12 - En las aguas de Sarawak 129
13 - La desgracia del Mariana 141
14 - El "demomnio de la guerra" 153
15 - La última travesía 161
16 - El hijo de Suyodhana 169
Conclusión 183
Guía de lectura 187

Esta edición se terminó de imprimir en
PRINTING BOOKS,
Mario Bravo 835, Avellaneda,
Pcia. de Buenos Aires,
en el mes de marzo de 2006.